Myska Antari

Fate of the Ninth

Forevermore

Bibliografische Information der Deutschen Nationalbibliothek: Die Deutsche Nationalbibliothek verzeichnet diese Publikation in der Deutschen Nationalbibliografie; detaillierte bibliografische Daten sind im Internet über dnb.dnb.de abrufbar.

© 2022 M. Jentsch a.k.a. Myska Antari
Herstellung und Verlag: BoD – Books on Demand, Norderstedt

ISBN: 9783741224102

Für meinen Kuro,

da du mich inspirierst,

auch wenn du nicht echt bist.

Dies ist ein Teil deiner Geschichte.

Kapitel 1

Der längste Tag

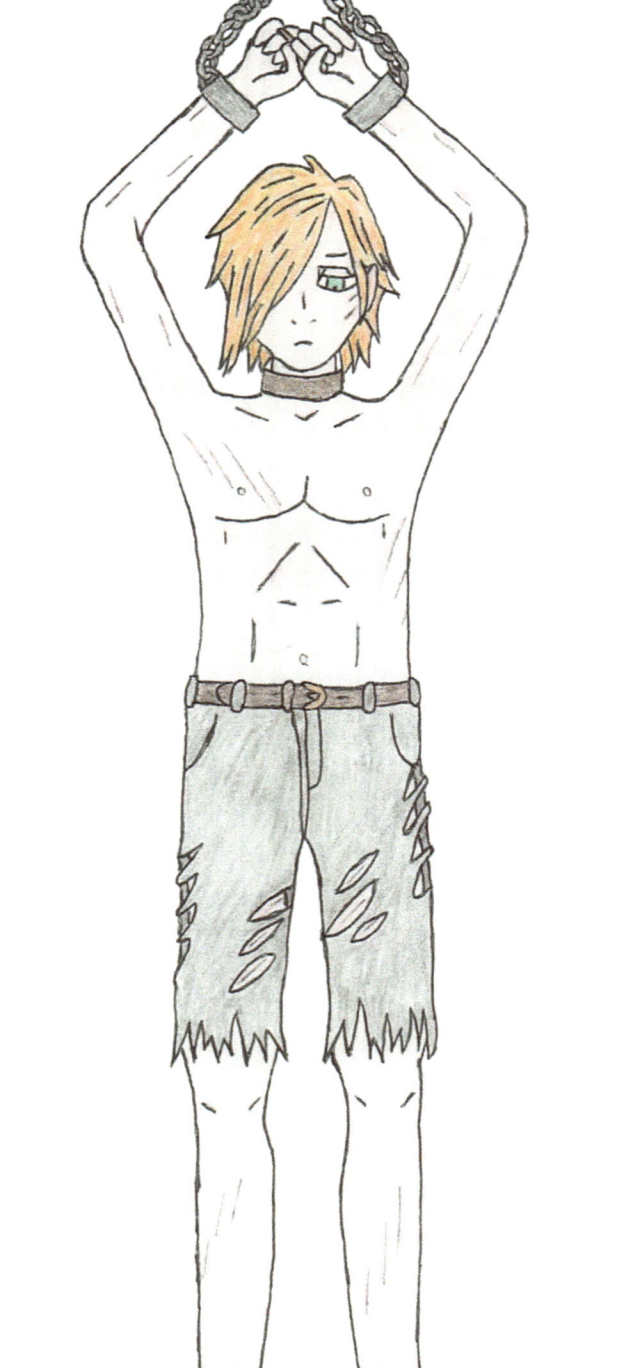

~Trigon 21.06 2047~

Sein Vampir hing immer noch dort, wo Erisudar ihn zurückgelassen hatte und ihm gefiel der Zustand des Mannes, dessen Schutzengel er war, überhaupt nicht. Und was ihm auch nicht gefiel war, dass sie ihn hinrichten würden und er nichts tun konnte, um ihn davor zu retten. Nicht mehr jedenfalls, obgleich er es gerne getan hätte. Der Engel hatte schließlich sogar versucht, zu seinem eigenen Herrn zu gelangen, um diesen umzustimmen. Leider war er aber nicht zu ihm durchgedrungen, was aber auch nicht sonderlich verwunderlich war. Er zeigte sich ihnen ohnehin nur selten und war stets ein beschäftigter Mann. Soweit Erisudar wusste, hatte selbst dessen Frau nur wenig Kontakt mit ihm. Aber immerhin war der Engel auf diese getroffen und sie war ihm auch wohl gesonnen gewesen, nachdem er ihr kurz in ihrem Himmelsgarten geholfen hatte.

Von seiner Herrin also hatte er den Rat bekommen, mit dem Wächter über Tod und Leben zu reden, welchen der Engel kurz darauf aufgesucht hatte. Dieser hatte seine Bitte, dem Vampir das Leben zu verlängern, damit er wenigstens noch seine Kinder aufwachsen sehen könnte, allerdings strikt abgelehnt. Außerdem hatte der Engel von diesem auch zu hören bekommen, dass er schon länger leben würde, als ursprünglich vorgesehen und das dank Erisudar.

'Ein weiteres Mal', so sagte er, *'Würde diese Seele dem Tod nicht entgehen.'*

Verbittert lächelte der Engel. Ja, natürlich hatte er ihm oft genug geholfen, ohne dass der Vampir das jemals bemerkt hätte. Er glaubte ja nicht einmal mehr daran, dass es Wesen wie Erisudar gab. Sein Vampir glaubte nicht an ihn und das, obwohl er ihn doch hören konnte, wenn auch unfreiwillig. Etwas, was der Engel nach der Verwandlung seines Schützlings festgestellt hatte und was diesem an seinen Verstand hatte zweifeln lassen. Und weil Erisudar ein guter Ratgeber für andere Engel war, eben dadurch, dass er schon sehr lange existierte, war es nicht selten gewesen, dass die anderen ihn aufsuchten und ihn um Rat zu baten. Und jedes Mal hörte sie sein Vampir, obwohl dies einer normalen Seele wie ihm gar nicht möglich sein sollte.

Erisudar hatte nie verstanden, warum er sie hören konnte, aber er wusste, dass sein Vampir nach Möglichkeiten gesucht hatte, um das zu unterbinden und auch er selbst hatte versucht, die Gespräche mit den anderen außerhalb seiner Reichweite zu führen. Es war ihm leider nicht immer gelungen. Er konnte es seinen Kollegen ja auch nicht wirklich sagen, da dies sicherlich schon früher Konsequenzen gehabt hätte für diese Seele. So etwas sollte es schließlich nicht geben.

Letztendlich hatte sein Vampir eine effektive Methode gefunden, um ihn nicht mehr zu hören. Jedenfalls eine, von der er dachte, dass sie ihm half. Dass sie ihm dann doch nur Ärger eingebracht hatte, hatte er ignoriert. Und auch eine Erklärung, warum er Probleme hatte, hatte sein Vampir gefunden, von welcher sich Erisudar fragte, ob es wirklich daran lag. Ein Genfehler im Blut des Vampirs, durch welches er verwandelt worden war, war es, das ihn gelegentlich unruhig werden ließ und dafür sorgte, dass den Engel und die anderen hörte. Jedenfalls wenn er lange kein Blut seiner eigenen Art hatte, denn dies war, was ihn anscheinend beruhigte, weil er so das bekam, was seinem Körper fehlte.

Sein Vampir war also nach seinem eigenen Wissensstand krank, aber das akzeptierte von denen, die ihn verurteilt hatten, keiner. Und auch Erisudar selbst hieß nicht alles gut, was sein Schützling getan hatte, hatte aber auch

Verständnis für ihn. Immerhin war er ja für ihn verantwortlich seit seiner Geburt und kannte ihn dadurch doch recht gut.

Warum hatte dieser Idiot nicht einfach weiterhin seine Freunde gefragt, jedes Mal, wo er das Blut gebraucht hatte, statt sich fremde Vampire zu suchen und diese danach umzubringen, um seine Tat zu vertuschen? Hätte er das getan, dann wäre er sicherlich auch nicht noch einmal angeklagt worden deshalb. Und würde jetzt nicht hier hängen.

Erisudar seufzte.

Ein Rasseln erklang, als der Mann erwachte und versuchte sich noch einmal aus den Ketten, mit denen man seine Arme über seinen Kopf an der Wand befestigt hatte, freizukommen. Natürlich würde ihm das auch heute wieder nicht gelingen.

Sie hatten ihn zwar, seit er hier gefangen war, mehrfach von ihnen gelöst, um ihn zu verhören, doch danach jedes Mal wieder festgekettet. Und bisher war es ihm nicht gelungen, sich zu befreien.

Vielleicht hätte er es geschafft, hätte er sich in einen Wolf verwandeln können, denn so war er ihnen ja auf seiner Flucht bei der ersten Verhaftung entkommen. Aber das hatten sie durch ein Halsband unterbunden, welches sie ihm umgelegt hatten bei der Zweiten. Dieses unterdrückte seine Fähigkeit, die Gestalt eines Wolfes anzunehmen.

An den Tag der Verhaftung erinnerte sich der Engel noch gut, denn das war ja vor nicht einmal zwei Wochen erst gewesen. Nachdem sein Vampir monatelang in Wolfsgestalt vor seinen Verfolgern geflohen war, um seiner Verurteilung zu entgehen, war er ihnen letztendlich doch in die Fänge geraten. Und da ihm diese Flucht stark zugesetzt hatte, hatte er sich von ihnen nicht mehr befreien können.

Deshalb und weil Erisudar ihn plötzlich nicht mehr hatte helfen können. Man hatte dem Engel die Berechtigung entzogen, irgendetwas zu tun, was seinem Vampir hätte helfen können. Nicht einmal von diesen Ketten jetzt konnte er ihn befreien, obwohl dies eine leichte Aufgabe für ihn gewesen wäre. Er war also machtlos. Er konnte den Mann nicht retten, obwohl es eigentlich doch seine Aufgabe war.

„Lasst mich frei!", brüllte der Angekettete plötzlich und der Engel fragte sich, ob ihn überhaupt jemand hörte, „Ich habe nichts Unrechtes getan! Euer Blut ist daran schuld!"

Damit hatte er auch nur bedingt recht. Ja, durch das Blut, mit dem sie ihn verwandelt hatten, hatte er diesen Fehler anscheinend erworben, denn erst seitdem hatte er sein Problem, aber er hätte sie aufgrund dessen nicht töten müssen. Jedenfalls, wenn es denn wirklich daran gelegen hatte. Tatsächlich brauchte sein Vampir ja nicht einmal so viel, dass es seinen Spender umbringen würde. Hätte er seine Opfer also am Leben gelassen, dann wäre er nicht hier.

Aber hatte sein Vampir nicht sogar welche am Leben gelassen und waren es nicht jene gewesen, die ihm seine erste Ermahnung eingebracht hatten deshalb, weil diese Vampire sein Verhalten nicht duldeten?

Es machte ihn in der Sache nicht unschuldiger, aber die, die ihn verurteilt hatten, traf damit auch eine Mitschuld. Hätten sie ihn besser behandelt, dann wäre er auch anders geworden. Vielleicht weniger rachsüchtig. Und wenn er mehr die Hilfe seiner Freunde angenommen hätte, dann vermutlich auch.

Hatten sie nicht sogar versucht, ihm auf einen besseren Weg zu führen? Hatte Erisudar das nicht sogar selbst versucht? Warum nur hatte er nicht gehört? Warum war er wieder in alte Muster zurückgefallen?

Jemand betrat den Kerker, in dem der Vampir gesperrt war und sowohl der Gefangene, als auch Erisudar sahen zu ihrem Besucher. Und der Engel war plötzlich guter Hoffnung, diesen Freund seines Schützlings zu sehen.

„Nathan", sagte sein Vampir erfreut, „Bitte hilf mir! Die wollen mich umbringen. Dabei waren sie es doch, die mich zu dem gemacht haben, was ich geworden bin. Sag es ihnen. Es ist ihre Schuld, nicht meine."

Der Freund seines Vampirs schritt langsam näher und der Engel las Trauer in dessen Blick. Anscheinend tat es ihm auch leid, ihn so hängen zu sehen.

„Das hast du selbst zu verantworten", erwiderte ihm dieser, „Ich habe dir so oft gesagt, dass es falsch ist, was du tust. Dass du uns um Hilfe bitten sollst und nicht von fremden Vampiren trinken sollst, weil dies irgendwann herauskommen würde. Aber du hast nicht aufgehört. Und anscheinend war nicht einmal dein vom König dir zu gewiesene Vormund in der Lage, dich aufzuhalten. Sag mir, wenn ich dich jetzt befreien würde und du wieder fliehen würdest, würdest du dein Verhalten ändern? Würdest du aufhören, deine eigene Art für ihr Blut zu überfallen? Würdest du aufhören, Vampire zu jagen und dir von uns helfen lassen?"

„Ich kann mich ändern, ja", versprach der Vampir ohne zu zögern, „Ich brauche nur eine Chance."

Erisudar war sich nicht sicher, ob sein Schützling das wirklich ernst meinte oder nicht. Er hoffte es. Er hoffte, dass er sich dieses Mal wirklich ändern würde.

Sein Freund aber schüttelte den Kopf und der Engel merkte, dass dieser seinem Vampir das nicht abkaufte.

„Die hattest du. Mehrere sogar", widersprach er ihm also, „Man hat mir sogar Vorwürfe gemacht, weil du dich nicht gebessert hast, da ich ja am Anfang dein Mentor war und dir eigentlich dies hätte austreiben müssen. Erinnerst du dich?

Nach deinem zweiten Rückfall hatte man dir einen anderen Vampir als Vormund zugewiesen, weil man dachte, dass dieser dein Verhalten besser unter Kontrolle halten könnte als ich. Was diesem aber auch nicht gelungen ist, weshalb er jetzt tot ist und du hier angekettet bist.

Du bist eine Gefahr für die Vampire in Trigon. Jedenfalls ist es das, was du ihnen mit deinen Aktionen bewiesen hast und was sie alle über dich denken."

Der Vampir schüttelte vehement den Kopf und zog erneut

an seinen Ketten, doch sein Freund hatte recht mit dem, was er ihm sagte.

„Terra", entfuhr es dem Hängenden dann, „Wenn ich in Trigon eine Gefahr für euch bin, dann bring mich nach Terra. Ich verspreche dir, dass ich nie zurückkehren werde. Ich wäre ohnehin lieber dort als hier"

Der Blick des anderen ging kurz traurig zur Seite.

„Das war mein Plan gewesen, aber sie haben dich vorher gefangen. Bevor ich dich unbemerkt fortschaffen konnte", erklärte ihm dieser und bekam Tränen in seine Augen, „Und jetzt kann ich dich nicht mehr dort hinbringen. Selbst wenn ich dich von diesen Ketten befreien würde und irgendwie an den Wachen hier vorbei bekäme, würde ich dich nicht durch eines der Tore nach Terra kriegen, da diese ebenfalls bewacht werden.

Und sie haben bei deiner Verurteilung ausgeschlossen, dich ins Exil zu schicken. Sie wollen an dir ein Exempel statuieren, um Nachahmer abzuschrecken, die du mittlerweile hast, wie sie dir ja verkündet haben.

Dein Tod soll zur Warnung werden und ich kann dich davor nicht retten. Nicht mehr jedenfalls und dies schmerzt mich.

Ich wollte dich noch einmal sehen, bevor sie dich holen,

um mich bei dir dafür zu entschuldigen, dass ich es nicht mehr kann und um dir zu versprechen, dass ich deine Familie dennoch weiterhin beschützen werde. Und um mich von dir zu verabschieden."

Erisudar zuckte zusammen, als sein Vampir laut zu schimpfen begann und auch der andere machte einen Schritt zurück. Mit so einer Reaktion hatte er wohl nicht gerechnet.

„Das kannst du dir sparen, Nathan! Ich pfeife auf deine Entschuldigung. Ich habe dir vertraut und jetzt lässt du mich hier wortwörtlich hängen. Vermutlich habe ich mich in dir getäuscht", zeterte der Gefangene, „Du bist nur ebenso ein beschissener Vampir, wie alle anderen auch!"

Sein Freund erwiderte ihm nichts, sondern wandte sich nur ab und dem Engel tat die Reaktion seines Schützlings furchtbar leid. Warum beschimpfte er den, der ihm bisher doch immer geholfen hatte? Warum verletzte er ihn mit seinen Worten noch zusätzlich?

„Bist du sicher, dass dies das Letzte sein soll, was du mir sagst?", fragte er ihn, nachdem er zu Tür gegangen war und der Gefangene atmete tief durch, um sich zu beruhigen, ehe ihm ein paar Tränen kamen.

„Es tut mir leid, aber ich will nicht sterben, Nathan", flüsterte er besorgt und leise, „Ich habe Angst davor."
Der Angesprochene nickte verständnisvoll.
„Wer hätte dies nicht in deiner Situation?", er drehte seinen Kopf zu ihm und dem Vampir, „Ich wünsche dir, dass es schnell geht. Auch wenn ich denke, dass es nicht so wird."
Damit hatte er sehr wahrscheinlich recht. Erisudar wusste, dass es einige Stunden Sonnenlicht brauchte, um einen Vampir letztendlich zu töten. Seiner hatte sich schließlich schon mehrfach Verbrennung durch diese zugezogen und es jedes Mal, wenn auch unter Schmerzen, überlebt.
Warum wollten sie ihn überhaupt so hinrichten? Warum schlugen sie ihm nicht den Kopf ab? Oder stießen ihn ein Schwert durch die Brust? Wenn er schon sterben musste, warum dann so? Musste es wirklich auf so eine grausame Art und Weise geschehen?
„Lebe wohl und es tut mir leid, dass es so gekommen ist", hörte er den anderen sagen, bevor er ging und Erisudar sah ihm nachdenklich hinterher.
Vielleicht war es aber auch eine Chance, wenn sie seinen Vampir so hinrichteten. Es verschaffte dem Engel noch

etwas mehr Zeit, bevor es für seinen Schützling endgültig aus war.

„Scheiße!", fluchte der Vampir und ließ seinen Kopf hängen, „Ich will nicht sterben. Ich will nicht so sterben."

Erisudar konnte sehen, dass der Mann erneut weinte und wieder ging er gedanklich durch, ob er ihm nicht doch noch irgendwie helfen konnte, kam aber zu keinem erfreulichen Ergebnis.

Er konnte nichts mehr für ihn tun. Er konnte ihn nicht von den Ketten befreien und selbst, wenn er dies gekonnt hätte, wie wollte er ihn aus dem Gebäude an den anderen Vampiren vorbei schaffen, die ihn gefangen hielten? Der Freund seines Vampirs hatte schließlich Wachen erwähnt. Natürlich könnte er versuchen diese mit seinen Tricks abzulenken, aber damit würde er sich auch mit dem jeweiligen Schutzengel von denen dann anlegen. Und er wollte keinen Streit mit jemanden anfangen, der wie er war. Das würde ihm nur Riesenärger einhandeln.

Aber vielleicht konnte Erisudar noch einmal mit dem Wächter über Leben und Tod reden und ihn doch überzeugen, dass er seinem Vampir eine weitere Chance gab. Er war sich zumindest sicher, dass er ihn dann retten könnte. Über das *wie* würde er nachdenken, wenn er wusste, dass sein Vampir überleben würde. Erst einmal musste er sich sicher sein, dass er ihm doch ein weiteres Mal das Leben verlängern könnte.

Erisudar schloss die Augen und konzentrierte sich, um die Welt des Übergangs, wo sie die Seelen von ihrem alten zu ihrem neuen Leben brachten, zu betreten. Er erinnerte sich daran, dass auch ein paar Jahre gemacht zu haben, bevor man ihm sein erstes Lebewesen zu gesprochen hatte, um dieses zu bewachen.

Das war damals vor sehr langer Zeit eine Art kleine Echse gewesen. Solche Lebewesen gab es mittlerweile nicht mehr, da sie ausgestorben waren, aber dafür hatten sich andere entwickelt.

Manchmal bewunderte Erisudar, was sich aus dem Funken des Lebens, den sein Herr und seine Herrin in die Welt geschickt hatten, alles entwickelt hatte. Er war ja selbst auch ein gutes Beispiel ihrer schöpferischen Kraft. Er und die anderen Engel. Sie alle waren nahezu unsterblich.

„Du bist noch zu früh, um dir einen Neuen zuweisen zu lassen", begrüßte ihn eine weibliche Stimme und er drehte sich zu ihr.

Sie war ein Engel wie er, dies wusste er direkt, doch er war sich im ersten Moment nicht über ihren Namen sicher. Er wollte sich aber auch nicht damit aufhalten, darüber nachzudenken. Irgendwann würde ihm dieser sicherlich wieder von alleine einfallen.

„Deshalb bin ich nicht hier", widersprach er ihr und überlegte. Vielleicht konnte sie ihm ja helfen, den zu finden, nach dem er suchte. Jedenfalls vermutete er, dass sie es wüsste, wenn sie sich schon hier aufhielt.

„Weißt du, wo ich den Wächter von hier finde?", fragte er und sie schien etwas verwundert über seine Frage. War es denn so ungewöhnlich, dass jemand wie er nach dem Wächter in dieser Welt suchte?

„Er ist nicht hier. Willst du etwa um eine erneute Lebensverlängerung für die Seele fragen, die du bewachen sollst?", entgegnete sie ihm und er nickte, „Dir ist bewusst, dass es Gründe hat, weshalb man uns Limits gesetzt hat, wie oft wir ihnen durch unseren Schutz ihr Leben verlängern können? Und so weit ich im Bilde bin, hast du deines schon ausgereizt.

Hängst du etwa so sehr an ihm? Du weißt aber schon noch, dass wir uns nicht an sie binden dürfen? Warst du nicht sogar der, der den Jüngeren dies immer gepredigt hat?"

Natürlich wusste er, dass er die jeweilige Seele, die er bewachte, nicht an sich binden oder gar lieben durfte. Es hatte Zeiten gegeben, in denen sie sich deshalb mit ihnen vermischt hatten. Daraus waren jede Menge seltsame Kreaturen hervorgegangen und sein Herr war auch nicht sonderlich erfreut gewesen. Er hatte jene Engel, die dies getan hatten, dafür verdammt und zu Gefallenen erklärt, was diese dann aber auch nicht gehindert hatte, sich dennoch weiterzuvermehren. Viele hatten ihre neue Freiheit sogar genossen, was nicht unbedingt gute Folgen für die Lebewesen auf den Welten gehabt hatte.

„Ich habe mich nicht an ihn gebunden. Ich habe einfach nur nicht das Gefühl, dass es gerecht wäre, ihn jetzt sterben zu lassen", erwiderte Erisudar seiner Kollegin und sie neigte ihren Kopf, ehe sie an ihm vorbei, durch eine Art Fenster, in die Welt der Sterblichen blickte. Zu seinem Vampir, der mittlerweile wieder Besuch von denen bekommen hatte, die ihn festhielten. Er hörte seinen Protest, als sie ihn von den Ketten lösten und wusste, dass er eigentlich zu ihm zurückmusste, um ihm beizustehen. Dies war schließlich seine Aufgabe und seine Pflicht.

„Warum hast du ihn nicht auf einen besseren Weg

geleitet? Dann wäre er jetzt sicher nicht in dieser Situation", meinte sie zu ihm, nachdem sie mit seinem Vampir verschwunden waren.

Erisudar hatte es versucht, aber gänzlich hatte er den freien Willen dieser Seele nicht beeinflussen können. Sein Schützling war eben nicht den besseren Weg gegangen, zu dem ihm der Engel hatte lenken wollen.

„Ich habe es versucht", sagte er ihr daher und ging noch einmal gedanklich durch, was und ob er etwas tun konnte. Vielleicht sollte er doch das Risiko eingehen und sich mit einem anderen Engel anlegen, damit sein Vampir überlebte? Wollte er für ihn das wirklich tun? War er schon so weit, alles zu riskieren?

„Vielleicht gelingt es dir bei der nächsten Seele besser", kommentierte sie ungerührt, doch Erisudar wunderte sich nicht über ihre kalte Art. Für sie war die Sache so gut wie abgeschlossen.

Er dagegen war noch nicht bereit für die nächste Seele. Sein Vampir hatte es einfach noch nicht verdient zu sterben und er würde sein Leben verlängern. Ein letztes Mal zumindest. Er war noch nicht bereit diese Seele weiterziehen zu lassen, damit sie ein neues Leben bekam und einen anderen Aufpasser als ihn. Immerhin war er

etwas Besonderes. Er musste ihn einfach beschützen.
„Er kann uns hören", erklärte Erisudar ihr und sie sah ihn verwundert an. Damit weihte er sie nun in das Geheimnis seines Vampirs ein und er hoffte, dass sie ihm helfen würde, wenn sie davon wusste.
„Das sollte nicht möglich sein oder gehörst du neuerdings zu den Gefallenen?", widersprach sie ihm direkt und er schüttelte den Kopf, „Dann stimmt mit dieser Seele etwas nicht. Sie werden sie damit nicht ins nächste Leben schicken. Diesen Defekt werden sie vernichten wollen. Keiner Seele sollte es möglich sein, uns zu hören, sofern wir das nicht wollen. Und wir dürfen für gewöhnlich nicht mit ihnen sprechen."
Der Gedanke daran, dass sein Vampir vernichtet werden würde, war Erisudar bisher nicht gekommen, erklärte jedoch sein Gefühl, dass er ihn nicht sterben lassen durfte. Wenn er das zuließe, gäbe es diese Seele nie wieder in irgendeinen Körper. Er würde ihn nie wiedersehen.
„Erst einmal gehört er noch mir!", gab Erisudar ihr energisch zurück und verließ sie, um in die Welt der Sterblichen und zu seinem Vampir zurückzukehren. Er würde zumindest versuchen, ihn noch irgendwie vor

seinem Schicksal zu bewahren. Irgendwie musste das doch gehen.

Sie führten ihn auf einen Raum zu, den Erisudar in diesem Gebäude schon bei ihrem ersten Aufenthalt entdeckt hatte und dessen Sinn sich ihm erst viel später erschlossen hatte. Der Raum mit den vielen großen Fenstern und dem seltsamen Bogen in der Mitte.

Der Gedanke daran ließ den Engel erschaudern und er sah, wie sich sein Vampir gegen die Wächter wehrte.

An der Seite entdeckte er einen weiteren Vampir, der ihm gerade recht kam. Wenn schon sein Freund ihm nicht geholfen hatte, dieser dort würde sicherlich etwas tun. Vielleicht sogar Partei ergreifen für ihn. Immerhin war dieser Mann dort mit seinem Vampir verwandt.

„Vater, hilf mir!", rief sein Vampir diesem verzweifelt zu und Erisudar zwickte einen von denen, die ihn festhielten, in den Arm, damit sich ihr Gefangener losreißen konnte. Dass dies funktionierte, überraschte den Engel und schürte Hoffnung in ihm.

Direkt rannte der nun Freie zu dem anderen und griff flehend nach dessen Hand. Er musste ihm einfach helfen. Erisudar hoffte, dass dieser ihn verteidigen würde. Dass er ihn beschützen würde oder zumindest zur Flucht verhelfen würde. So wie ein Vater dies für sein Kind tun sollte. Jedenfalls, wenn es nach dem Engel ging.

„Bitte, Vater, hilf mir! Ich habe nichts Unrechtes getan. Sie waren es. Sie haben das zu verantworten, was aus uns geworden ist. Was aus mir geworden ist. Aber ich kann mich ändern. Sag es ihnen! Bitte Vater!", bettelte sein Vampir den anderen an, doch dieser stieß ihn von sich, was Erisudar ebenso überraschte wie den Vampir selbst. Wollte er seinen Sohn nicht mehr schützen? War es denn nicht Aufgabe der Eltern, ihre Kinder um jeden Preis zu schützen? Oder tat er es nicht, weil es nicht Schicksal des Jungen war, seiner Hinrichtung zu entgehen? Aber woher sollte dieser davon denn wissen?

Erneut packten die Wächter seinen Vampir und dieser schimpfte, während sich sein Vater wegdrehte und davon ging.

Fassungslos sah Erisudar ihm nach. Noch vor ein paar Tagen hatte dieser Mann seinem Vampir Vampirblut gebracht, obwohl er es zuvor abgelehnt hatte, einfach um sein Unwohlsein zu lindern und jetzt war er nicht einmal mehr bereit, seinen Sohn zu verteidigen und zu schützen? Was hatte sich denn in der kurzen Zeit geändert?

Die Stimme seines Vampirs verstummte hinter ihm und

Erisudar verkniff es sich laut zu fluchen, da er wusste, dass sich so etwas für einen wie ihn einfach nicht gehörte, ehe er sich umdrehte und ebenfalls in den Raum ging, wo sie seinen Vampir mittlerweile an seinen Armen hängend an einem Metalltorbogen befestigt hatten. Ein wenig erinnerte den Engel dies an eine Kreuzigung, wie er sie in Terra oft gesehen hatte, aber dies hier war keine. Jedenfalls nicht so wirklich. Es war viel schlimmer.
Er hörte, wie der Henker den Zuschauern, die sich wohl mehr oder weniger freiwillig für diese Hinrichtung eingefunden hatten, erklärte, warum sein Vampir nun durch die Sonne sterben musste.
Dem Engel missfiel es, dass sie daraus so eine Veranstaltung machten. Wollten oder sollten die sich hier alle am Leid des Vampirs in ihrer Mitte erfreuen? Wenn ja, dann war das wirklich grausam von ihnen und er konnte wieder einmal nachvollziehen, warum sein Schützling diese Gesellschaft so verachtet hatte. Das hatte er einfach nicht verdient.
Erisudar musterte die Anwesenden und las in den Gesichtern der Meisten, dass sie definitiv nicht freiwillig hier waren, sondern weil sie die Krieger, die ihre Reihen bewachten, dazu gezwungen hatten.

'*Sie wollen ein Exempel statuieren, um Nachahmer abzuschrecken*', fielen dem Engel die Worte des Freundes seines Vampirs wieder ein. Deswegen also gab es Zuschauer dabei. Trotzdem machte es das nicht besser. Erisudar schenkte den Worten, die verkündet wurden, keine Aufmerksamkeit, sondern ging stattdessen zu dem jungen Mann, der gerade die Vorhänge in diesem Raum öffnete, damit die Fenster dahinter das Licht der Sterne und bald auch der aufgehenden Sonne hereinließ. Vielleicht konnte er ihn ja manipulieren. Ihn dazu bringen, diese Aufgabe nicht zu machen. Vielleicht konnte er dadurch ja sogar eine Revolte starten?
Er griff den Jungen an seiner Schulter und entdeckte so gleich einen seiner Kollegen, der ihn verärgert ansah, während die Zeit um ihn einfror.
„Lass die Finger von dieser Seele!", schimpfte dieser mit ihm und stieß seine Hand weg, „Wenn du den Jungen sabotierst, wird man ihn auch strafen und das lasse ich nicht zu. Akzeptiere einfach, dass du nichts mehr tun kannst."
Er verschwand wieder und der junge Mann, den Erisudar hatte aufhalten wollen, setzte seine Aufgabe fort, als sei nichts gewesen. Der Engel sah ihm perplex dabei zu.

Hatte es sich schon herumgesprochen, dass er so vehement versuchte, seinen Vampir zu retten, obwohl er nichts mehr tun konnte?

Vermutlich ist es auch aussichtslos für meinen Schützling, kam es dem Engel in den Sinn und er starrte hinaus durch die Fenster in den Himmel, der sich langsam durch den nähernden Sonnenaufgang erhellte.

Er war einfach machtlos. Dieses eine Mal war er nicht in der Lage, etwas zu tun, um diese Seele zu retten. Ihm waren einfach die Hände gebunden. Und alleine der Gedanke daran schmerzte den Engel.

Traurig wandte er sich von dem Fenster ab und ging zurück in die Welt des Übergangs, da er seinem Vampir einfach nicht beim Sterben zusehen wollte. Ihm machte das ganze ohnehin schon zu schaffen, da wollte er seinem qualvollen Tod nicht auch noch beiwohnen. Obwohl es ja eigentlich seine Aufgabe gewesen wäre, bei ihm zu sein. Er konnte das einfach nicht. Vielleicht hatte er sich doch an ihn gebunden. Dann war es ohnehin besser, sich jetzt von ihm zu trennen.

Trotzdem begann er erneut darüber zu sinnieren, ob er ihn doch noch retten konnte. Ob er ihn irgendwie vor der Vernichtung bewahren könnte.

„Solltest du nicht bis zu seinem letzten Atemzug bei ihm bleiben?", kommentierte eine weibliche Stimme seinen Aufenthalt in der Welt des Überganges, nachdem er eine Weile ohne Ergebnis nach einer Lösung gesucht hatte und er entdeckte die Frau, mit der er zuvor schon gesprochen hatte. Immer noch kannte er ihren Namen nicht und immer noch war es ihm nicht wichtig genug, um darüber nachzudenken.

„Ich will ihm nicht beim Sterben zusehen", gab er zurück, „Ich habe versagt und nicht einmal mein Einfallsreichtum hat mir bisher geholfen, um einen Weg zu finden, ihm zu helfen. Vielleicht habe ich ihm auch nie geholfen, sondern sein Schicksal immer nur verschlimmert."

So etwas war nämlich auch schon bei anderen Engeln passiert und davon wusste er auch. Warum also sollte er da eine Ausnahme gewesen sein? Vielleicht war er letztendlich an allem schuld, was sein Vampir erlebt hatte. An allem, was diese Seele getan hatte, die er hatte beschützen sollen.

„Das weißt du nicht. Und letztendlich muss jede Seele sterben. Selbst du und ich werden irgendwann gehen müssen, wenn unser Herr das so will", entgegnete sie ihm ruhig, „Nur, dass wir vermutlich noch Ewigkeiten mehr, als diese Seelen, haben."

Das stimmte allerdings. Sie hatten bereits Ewigkeiten existiert und würden das vermutlich noch einmal ebenso lange. Und er würde noch auf weitere Seelen in Zukunft aufpassen müssen. Nur diese eine wäre wahrscheinlich nie wieder unter ihnen. *Ihn* würde er nie wieder sehen und dies brach ihm irgendwie sein Engelsherz.

„Eigentlich haben die es sogar besser als wir, denn sie müssen nicht so lange warten, bis sie sterben. Hast du dich jemals gefragt, wie es wäre, sterblich zu sein wie diese einfach Seelen?", fragte sie ihn und er überlegte. Diese Frage hatte er sich wirklich schon einmal selbst gestellt, aber nie eine wirkliche Antwort gefunden. Es war ja schließlich nicht möglich, mit ihnen zu tauschen.

Er hatte zwar am Anfang, als ihm aufgefallen war, dass sein Vampir ihn hören konnte, gescherzt, dass er mit ihm irgendwann noch einen Tausch aushandeln würde. Aber das hatte er auch nur getan, als er mit ihm alleine war, weil er hatte wissen wollen, wie sein Schützling reagieren würde. Und dieser hatte auch reagiert.

Es hatte ihn ziemlich durcheinander gebracht. Außerdem hatte Erisudar das auch gar nicht ernst gemeint damals. Er wusste ja nicht einmal, ob so etwas möglich war.

Allerdings brachte ihn das nun doch auf eine Idee, wie er diese Seele vielleicht noch etwas Zeit verschaffen konnte, bevor sie vernichtet wurde. Jedenfalls, wenn so etwas möglich war.

„Ich werde es versuchen", verkündete Erisudar seiner Kollegin, welche ihn irritiert ansah, „Ich schenke ihm meine Unsterblichkeit und werde an seiner Stelle sterben. Und damit verhindere ich seine Vernichtung."

Sie schüttelte den Kopf.

„So etwas wird nicht funktionieren. Du solltest das nicht tun", meinte sie, doch er hörte ihr schon nicht mehr zu. Stattdessen kehrte er in die Welt der Sterblichen zurück und hoffte, dass er noch rechtzeitig kam. Dass es nicht zu spät dafür war.

Sein Vampir hing nach wie vor an dem Bogen. Das Sonnenlicht hatte ihn allerdings bereits so stark verbrannt, dass sich Erisudar kurz wunderte, ob er auch weiterhin lebte. Da sich seine Brust aber hob und senkte, musste noch ein Funken Leben in ihm stecken. Und damit spürte er vermutlich auch die Schmerzen, die ihm dieses Prozedere bereitete.

Einerseits fand der Engel diese Art der Hinrichtung immer noch grausam, andererseits verschaffte sie ihm auch Zeit dafür, was er vorhatte. Somit war dies vielleicht die letzte Chance, um diese Seele davor zu bewahren, dass sie beseitigt wurde.

Erisudar stellte sich vor ihm und berührte die verbrannte Haut seines Gesichtes, um es ihm möglich zu machen, dass er ihn sah und verstand. Dieses Mal wollte er schließlich, dass er ihn wahrnahm.

„Ich bin hier, um dich zu retten", sagte er ihm, doch der Vampir reagierte nicht. Erst jetzt verstand Erisudar, dass dessen Hör- und Sehsinn bereits durch die Sonne zerstört worden waren und er so nicht mit ihm Kontakt treten konnte. Damit musste er sein Vorgehen ändern, wenn er mit ihm reden wollte und er wusste, dass er sich beeilen musste.

Statt also mit ihm direkt zu sprechen, drang er nun in die Gedanken seines Vampirs ein, um auf diesem Weg mit ihm zu kommunizieren.

„Ich bin hier, um dich zu retten. Ich kann dich nicht ewig beschützen, da man mich nicht lässt. Aber ich habe eine andere Idee gerade. Ich schenke dir meine Unsterblichkeit, damit du weiterleben kannst", erklärte er ihm gedanklich und versuchte sich möglichst kurzzufassen. Schließlich war er sich nicht sicher, wie viel

Zeit ihm blieb, bis ihm diese Seele entrissen wurde und er nicht mehr umsetzen konnte, was er vorhatte.

Dieses Mal reagierte der Vampir auf ihn. Das war schon einmal gut.

„Ich habe einmal gescherzt, dass ich mit dir diesen Deal machen würde und jetzt will ich den wirklich mit dir schließen, da es unsere letzte Chance ist, damit du mir nicht stirbst", fuhr Erisudar fort, ließ aber aus, dass er gar nicht wusste, ob es funktionieren würde und auch nicht, welche Konsequenzen das haben könnte. Ihm war ja ohnehin nur wichtig, diesem Mann hier zu helfen. Und welche Konsequenzen sollte es auch schon für sie jetzt haben? Bis seinem Herrn dies irgendwann auffallen würde, würde sicherlich etwas Zeit vergehen.

Der Vampir öffnete seinen Mund, als wollte er etwas sagen, aber die Sonne hatte ihm bereits die Möglichkeit genommen, irgendeinen Laut von sich zu geben. Dass er überhaupt noch lebte, war schon ein Wunder. Aber vielleicht war sein Vampir auch einfach nur robuster, was das Überleben anging, als andere seiner Art.

„Du bekommst meine Unsterblichkeit und ich deine Sterblichkeit", antwortete ihm Erisudar, weil er davon ausging, dass er danach hatte fragen wollen, „Ich werde dann an deiner Stelle wiedergeboren und du kannst dich an denen für deine Schmerzen rächen."

Jedenfalls wünschte er sich, dass er mit ihm tauschen könnte. Natürlich hoffte er gleichzeitig, sein Vampir würde einsehen, dass sich Rache letztendlich auch nicht lohnte und dass er seine letzte Chance nutzen würde, um aus seinen Fehlern zu lernen und sich zu verbessern. Damit er mit seiner Familie und seinen Freunden endlich ein ruhiges Leben führen könnte. Erisudar würde es für ihn zumindest wollen.

„Oder du vergibst ihnen dafür und schließt deinen Frieden mit ihnen. Was ich befürworten würde. Und wenn ich dann wiederum irgendwann erneut sterbe, erlischt unser Deal und du bekommst deine Sterblichkeit zurück", ergänzte Erisudar und wieder wollte ihm sein Vampir antworten. Immer noch kam ein Ton von seinen Lippen.

'Ich will, dass diese Schmerzen endlich aufhören und ich will, dass diese Vampire dafür büßen, was sie getan haben', vernahm Erisudar stattdessen schwach dessen Gedanken. Damit war er also auch bereit, diesen Handel einzugehen. Blieb nur noch zu hoffen, dass es auch klappte. Langsam übertrug der Engel einen Teil seiner eigenen

unsterblichen Lebensenergie auf die Seele des Vampirs, was zur Folge hatte, dass sich dessen Körper erneut versuchte zu regenerieren. Erisudar stoppte seine Aktion, da er dachte, dass dies ausreichen würde.

„Dann ist unser Deal geschlossen. Wir werden uns wiedersehen", erklärte Erisudar ihm zuversichtlich und wollte sich von ihm wegdrehen, in dem Glauben, dass sein Vampir jetzt weiterleben würde, als von diesem plötzlich ein lauter Schmerzschrei erklang und sowohl er als auch Erisudar in die Welt des Übergangs geschleudert wurden. War er etwa zu spät gewesen? Oder hatte es nicht funktioniert? Hatte er den Tod von ihm doch nicht mehr verhindert? Aber seine Wunden hatten sich doch schon wieder regeneriert?

Panisch sah sich die Seele um, ehe er zu realisieren schien, dass er keine Schmerzen mehr hatte und nicht mehr an diesem Bogen im Sonnenlicht litt. Dann wandte er seinen Kopf zu Erisudar und machte einen Schritt zurück.

Vermutlich überraschte es ihn, den Engel jetzt zu sehen. Eine Reaktion, die für jemanden wie ihm, durchaus angebracht war. Immerhin stand er einem wie Erisudar zum ersten Mal gegenüber. Und vermutlich auch zum letzten Mal.

„Was ist das hier?", schimpfte er direkt und tastete nach seinem Hals, als ihm auffiel, dass er wieder reden konnte. Und auch seinen restlichen Körper suchte er ab, bis er anscheinend verstand, dass er unversehrt war. Seine Angst jedoch blieb.

„Ich bin doch etwas verwundert, Erisudar", ertönte eine Stimme hinter dem Engel und der Angesprochene drehte sich um.

Er entdeckte den Wächter über Leben und Tod hinter sich, der in Begleitung einer jungen Frau zu sein schien, die fleißig etwas auf einen Zettel notierte. Wer diese wiederum war, wusste der Engel nicht, aber es war wohl auch nicht wichtig für ihn. Er wusste ja, dass der Wächter hier gelegentlich die Ereignisse in seiner Welt zu dokumentieren pflegte.

„Ich dachte, ich hätte dir gesagt, dass du sein Leben nicht noch einmal verlängern sollst, geschweige denn kannst?", fuhr der Alte fort und ging an Erisudar vorbei zu dem Mann, der vor ihm ebenso zurückwich, „Das ist seltsam. An ihm haftet ein wenig von deiner Lebensenergie, Erisudar, und ich kann ihn damit weder weiterschicken noch vernichten, da mir für Wesen wie dich die

Berechtigung fehlt."

Er wandte sich zu dem Engel um und wies der Frau an, dass sie verschwinden möge, was diese auch sogleich tat, in dem sie sich in Luft auflöste. Sein Blick dagegen verriet Verärgerung und der Engel versuchte sich seine Nervosität nicht anmerken zu lassen.

„Nimm sie zurück oder ich zeige dich bei deiner Herrin an!", befahl er ihm, doch der Angesprochene schüttelte den Kopf, „Ich habe den Auftrag, mich um diese Seele zu kümmern und das werde ich auch."

Noch einmal schüttelte Erisudar den Kopf. Er würde ihm diese einfach nicht überlassen. Auch, wenn er sich dafür ziemlichen Ärger einhandelte. Seine Herrin würde das sicher verstehen. Sein Herr zwar nicht, aber sie schon. Sie verstand ihn.

„Ist es denn wichtig, dass es seine ist?", gab er dem Alten zurück und dieser sah ihn fragend an, „Ich biete dir meine an. Schick mich für ihn weiter und lass ihn weiterleben. Tausche mich mit ihm aus."

Der Wächter warf einen Blick zu dem Mann und schien zu überlegen. Dann drehte er sich zu Erisudar zurück und verschränkte die Arme.

„Dafür müsste er deine Kräfte gänzlich erwerben und

dazu muss er dich töten, was nicht möglich ist", widersprach er ihm, „Und selbst wenn, dann wäre er danach nicht mehr wirklich am Leben, denn er ist gerade gestorben. Er wäre nur noch ein Schatten seiner selbst, der in der Welt der Sterblichen wandelt, mit Kräften, die er gar nicht haben sollte. Und auch nicht verstehen wird."
Das glaubte Erisudar nicht. Er war sich sicher, dass sein Vampir danach wieder einen Körper haben würde. Er selbst besaß schließlich auch einen. Und die Wunden von ihm hatten sich doch bereits regeneriert, bevor er seinen letzten Schrei ausgestoßen hatte.
„Das wird er nicht. Er wird an meiner Stelle weiterleben und ich für ihn in ein Neues starten. Und wenn dann dieses Leben von mir irgendwann vorbei ist, werde ich wieder zu dem, was ich war und du kannst dich um ihn kümmern", gab er zurück und der Alte ließ seine Arme sinken. Hoffentlich hieß dies, dass er dem zustimmte, was Erisudar vorhatte.
„Du wirst danach zu einem Gefallenen, denn deinem Herrn wird das missfallen und deiner Herrin ebenso", warnte er ihn und Erisudar nickte, „Außerdem werde ich euch beiden eure Erinnerungen nehmen, so wie es mit allen Seelen geschieht, wenn sie sterben.

Wenn er deinen Vorschlag annimmt, dann soll er weiter unter den Sterblichen wandeln und du für ihn geboren werden. Und er wird die Welt, in der er gerade gestorben ist, nie verlassen können."

Damit konnte sich der Engel abfinden. Alles, was er jetzt noch tun musste, war diesen Vampir dazu zu bringen, ihn zu töten. Das klang doch recht einfach. Er konnte sich zumindest vorstellen, dass er leben wollen würde, egal was er dafür tun musste.

Er ging an dem Wächter vorbei, auf den Mann zu, der erneut vor ihm zurückwich, als der Engel ein Messer herbei beschwor, mit dem er sich erstechen lassen wollte. Der Gedanke daran kam ihm nicht einmal seltsam vor. Für ihn fühlte sich das genau richtig an.

„Willst du weiterleben oder sterben?", fragte er seinen Vampir ohne große Vorrede und dieser starrte ihn irritiert an, ehe er kurz zurückwich.

„Was bist du?", entfuhr es diesem, statt die Frage von Erisudar zu beantworten, was den Engel ein wenig ärgerte. Es war doch gerade nicht wichtig, was er war. Er wollte wissen, ob diese Seele am Leben hing oder nicht. Ob sie es immer noch tat.

„Willst du weiterleben oder sterben?", wiederholte sich der

Engel und hielt ihm den Griff des Messers entgegen, „Wähle! Wenn du mich erstichst, dann wirst du dein altes Leben weiterführen. Wenn du es nicht tust, dann werde ich dich töten und du wirst ins nächste Leben gehen."
Der Mann starrte auf das Messer vor ihm und schien tatsächlich zu überlegen, was er tun wollte und sollte. Er wäre vermutlich der einzige, der jemals so ein Angebot bekäme.
Seine Hand umklammerte zögerlich den Griff des Messers, während er seinen Blick zu Erisudar hob.
„Was bist du?", wollte er dann erneut wissen, „Bevor ich dich töte, sag mir noch, was du überhaupt bist und was das hier ist. Warst du die Stimme, die ich immer wieder gehört habe?"
Erisudar nickte und umschloss die Hand, welche den Griff hielt, mit den seinigen, um die Spitze des Messers an seine Brust zu führen. Er wollte sicher gehen, dass die Klinge die richtige Stelle traf.
„Ich bin das, woran du deinen Glauben als Kind verloren hast", erklärte er dem Vampir, der ihn daraufhin ehrfürchtig ansah, „Ich habe dich versucht zu beschützen, seit du geboren wurdest und jetzt, wo du davor bist, dein Leben endgültig zu verlieren, tue ich das immer noch.

Das hier ist die Welt zwischen Leben und Tod. Und du stehst auch gerade vor der Entscheidung für eines der beiden."

Der Mann schluckte, ehe ihm ein paar Tränen kamen. „Es tut mir leid, aber ich will nicht sterben", sagte er dann und stieß Erisudar das Messer in die Brust, um den Engel damit zu töten. Tatsächlich gehörte schon ein bisschen mehr dazu, einen wie ihn umzubringen. Wenn er nämlich nicht sterben wollte, würde er dies auch nicht. Nur dass Erisudar in diesem Fall bereit dazu war, für diesen Vampir sein Leben zu lassen.

Er lächelte und nahm eine Hand von der seines Schützlings, um diesen über den Kopf zu streichen, wie einem kleinen Kind. Irgendwie war er das ja auch für ihn. Er war Erisudars kleiner Sohn, für den er nun sogar sein Leben und sein Engelsdasein aufgab.

Er hatte sich letztendlich doch an diese Seele gebunden. Ihn geliebt. Er hatte sich in eine Seele verliebt, die er hatte bewachen sollen, obwohl es verboten war.

„Gut gemacht. Und jetzt nutze deine letzte Chance und lebe!", sagte er ihm, ehe er die Augen schloss und vor dem Vampir zu verblassen begann. Doch noch bevor der Engel endgültig verschwunden war, fror die Zeit ein.

Nur der Wächter dieser Übergangswelt, der die beiden beobachtet hatte, blieb davon verschont. Und er wusste direkt, was dies zu bedeuten hatte.

„Wie lange beobachtet Ihr sie schon?", fragte er daher, drehte sich jedoch nicht zu dem Licht um, welches hinter ihm aufgetaucht war.

„Eine ganze Weile", ertönte eine weibliche Stimme neben ihm, ehe sich das Licht von seiner Seite zu den beiden vor ihn bewegte, die davon aber nichts mitbekamen, „Ich habe tatsächlich bei dieser Seele etwas ausprobiert und ihr nicht umsonst, einen meiner liebsten Engel zu gewiesen."

Das Licht berührte den Vampir.

„Aber jetzt werden beide dafür verdammt werden", meinte der Wächter und er bildete sich ein, Augenpaar in dem Licht zu sehen.

„Mein Mann ist viel zu beschäftigt, um dies hier zu bemerken. Und wenn, dann ist es mein kleines Experiment, dass ich hier laufen habe. Die beiden gehören mir und da hat er kein Sagen drüber", erklärte sie ihm, „Ich wollte wissen, wie sich diese Seele verhalten würde, wenn er ihn hören könnte. Und ich wollte wissen, wie weit mein geliebter Erisudar gehen würde, um ihn zu beschützen.

Dass er auf die Idee kam, mit ihm tauschen zu können, erstaunt mich. Es ist nämlich nicht möglich, ohne dass ich oder mein Mann unsere Zustimmung geben."

„Also endet Euer Experiment und ich kann diese Seele vernichten?", fragte der Wächter unsicher.

„Oh nein, ich bin noch nicht fertig. Ich möchte, dass du Erisudars Wunsch erfühlst und ihn in das Leben eines Sterblichen in Terra schickst. Er soll einmal unter den Sterblichen wandeln, wie alle anderen Seelen auch", erwiderte sie ihm, „Und diesen Mann hier wirst du zurück nach Trigon schicken, damit er die weitere Chance bekommt, die ihm mein geliebter Engel versprach. Er wird dann vermutlich zwar weiter tun, was er schon zu Lebzeiten sehr gern getan hat, aber auch ihm wird irgendwann die Erkenntnis kommen, dass dies auf ewig auch nicht das Richtige ist. Er wird lernen, was das Richtige ist.

Ich werde ihm ein paar der Fähigkeiten von Erisudar zu gestehen, aber nicht alle und ich werde ihn mit einem Fluch belegen, dafür, dass er auf diesen Tausch eingegangen ist. Es soll eine Chance für ihn sein und gleichzeitig seine Strafe."

Der Wächter sah sie fragend an, während sich ihr Licht zu ihm zurückbewegte.

„Du kannst ihnen jetzt ihre Erinnerungen nehmen und sie dahin schicken, wo sie von nun an hingehören", fuhr sie fort und er wagte es sich ihr hinterher zu drehen, als sie an ihm vorbeiging.

„Weshalb?", entfuhr es ihm, „Wozu soll diese Seele zurück nach Trigon und was für einen Fluch meint Ihr?"

Er erhielt allerdings keine Antwort von ihr, denn das Licht verschwand ebenso plötzlich, wie es gekommen war und er verspürte, dass die Zeit sich wieder weiterbewegte, daher drehte er sich um. Er würde keine Antwort mehr erhalten im Moment. Daher konnte er auch seine Aufgabe erledigen.

Er ging auf den schwindenden Engel und die Seele zu, um zu beenden, was ihm beauftragt worden war. Irgendwann würde er schon noch herausfinden, was sie gemeint hatte, das wusste er. Sie würde es ihm noch irgendwann erklären.

Der Vampir starrte ihn beunruhigt an, als er auf ihn zuschritt. Ihm blieb allerdings nicht genug Zeit, um überhaupt darauf zu reagieren oder zu fliehen. Vor ihm löste sich plötzlich nicht nur der Engel auf, sondern auch der Wächter. Von ihm bekam er allerdings noch mit, wie er eine Sense aus dem Nichts zu ziehen schien.

Er verstand auch nicht, dass dies gerade das große Vergessen war, welches ihn nun befiel, so wie es nun einmal üblich war, wenn der Wächter Seelen weiterschickte. Oder in diesem Fall zurückschickte.

Wie sollte er so etwas auch verstehen oder gar wissen? Er hatte nicht einmal gewusst, dass es diese Welt hier gab. Und er würde es auch zukünftig erst einmal nicht wissen. Ihm war, als würde die Welt um ihn herum einstürzen. Er sah Bilder seiner Vergangenheit vor sich auftauchen, die nach und nach zerfielen, was er jedoch ebenso nicht verstand und was ihn verängstigte. Und mit jeder weiteren zerstörten Erinnerung, vergaß er ein weiteres Stück über sich und sein Leben. Er wollte schreien, brachte aber kein Ton heraus.

Erst als es nichts mehr gab, was er vergessen konnte und um ihn herum nur Leere und Unwissenheit herrschte, stoppte das Ganze und er sah sich in der Dunkelheit, die ihn umgab, um.

Ein Gefühl erwachte tief in ihm und er wusste nicht, woher er dieses hatte. Es war Wut, die in ihm aufstieg, und er musste diese irgendwie loswerden. Und er wusste, dass er dafür nur aufwachen musste aus diesem Traum. Irgendwie meinte er jedenfalls zu wissen, dass dies nur ein Traum war. Er musste aus dem Nichts einfach nur aufwachen. Jetzt.

Kapitel 2

Ungute Gefühle

~Trigon 21. / 22.06.2047~

Gedanken versunken spülte sie das Geschirr, welches beim gemeinsamen Essen mit ihren Kindern schmutzig geworden war. Es war jetzt über eine Woche her, dass ihr Schwiegervater und Nathaneal zu ihrem König aufgebrochen waren und noch länger, seit sie die Nachricht erhalten hatte, dass man ihren Mann verhaftet hatte. Und immer noch hoffte sie, dass sie ihn ihr bald zurück nach Hause bringen würden.
Sie stellte einen weiteren Teller zum Abtropfen in das zweite Waschbecken. Warum brauchten sie überhaupt so lange, bis sie ihn mit einem neuen Vormund zu ihr zurückschickten? Jedenfalls hoffte sie, dass es das wäre, was sie täten. Von ihrer Freundin Mina wusste sie schließlich, dass ihre Art noch ganz andere Strafen kannte.
Sie spülte die letzte Gabel ab und griff nach einem Handtuch zu ihrer Rechten, als sie plötzlich hörte, wie jemand in die Küche kam.
„Ich bringe dir unsere Gläser von oben", erklärte ihr Jonathan stolz und sie drehte sich zu ihm um. Sehr umständlich hielt ihr ältester Sohn drei Gläser in seinen

kleinen Händen und schritt damit auf sie zu.

Er ist ein so lieber Junge, kam es ihr in den Sinn und lächelte ihn an, um davon abzulenken, dass sie an seinen Vater gedacht hatte.

„Danke, Jonathan", sagte sie ihm und wollte ihm die Gläser abnehmen, doch eines rutschte ihnen dabei aus den Händen und fiel zu Boden, wo es klirrend in mehrere Teile zerbrach.

„Oh!", entfuhr es ihm und er sah sie erschrocken an, „Das wollte ich nicht."

Sie seufzte und strich ihm über den Kopf.

„Ist doch nicht so schlimm. Außerdem habe ich das fallen lassen", sie nahm ihn die anderen Gläser ab, „Sei bitte so gut und hol den Handfeger und die Kehrschaufel aus dem Schrank im Flur, ok? Dann sammeln wir die Scherben zusammen auf, damit keiner hineintritt."

Er nickte brav und wandte sich ab, um aus der Küche wieder zu verschwinden. Sie dagegen stellte die heilen Gläser in das Spülwasser, ehe sie sich daran machte, die größeren Scherben mit der Hand aufzusammeln. Eine Reflexion in einer davon ließ sie innehalten und sie starrte darauf.

Sie bildete sich ein ihren Mann zu sehen und er sah nicht

gut aus. Ganz und gar nicht gut. Erschrocken ließ sie die Scherbe fallen und diese zerbrach in weitere Teile, wobei das Bild verschwand, dass sie gesehen hatte.

„Mama, was hast du?", hörte sie ihren zurückgekehrten Sohn besorgt fragen und sie drehte ihren Kopf zu ihm. Er trug die Sachen, um die sie ihn gebeten hatte.

„Ich bin wohl ein wenig zu müde langsam und lasse Dinge fallen. Wird wohl langsam Zeit, dass wir alle ins Bett gehen", erwiderte sie ihm und er lachte leise.

„Ja, Mama, ich bin auch schon müde", meinte er und gab ihr das Kehrblech, „Annika und Robin putzen gerade zusammen Zähne oben. Ich mache das gleich auch."

Sie nickte und nahm ihm den Handfeger ab.

„Geh ruhig schon nach oben und mach dich fertig zum ins Bett gehen. Das hier fege ich schnell nur zusammen und dann komme ich euch gute Nacht sagen", er lächelte und umarmte sie.

„Ich hab dich lieb, Mama", sagte er und sie erwiderte seine Umarmung kurz, bevor sie ihn losließ und er sich wieder von ihr abwandte, um aus der Küche zu eilen.

Sie seufzte kurz, ehe sie die Scherben zusammenkehrte und im Mülleimer entsorgte. Dann legte sie den Handfeger in die Kehrschaufel und beides an die Seite, damit sie erst einmal die restlichen Gläser spülten konnte. Nachdem sie dies getan hatte, ließ sie das Wasser ablaufen und hob die Sachen wieder an, um sie auf den Weg nach oben im Schrank im Flur zurückzustellen.

Als sie auf dem Weg dorthin das Wohnzimmer passierte, sah sie, dass durch die Fenster Tageslicht fiel und sie warf einen Blick auf die Uhr auf dem Kaminsims.

Es war bereits zehn Uhr durch. Das erklärte, warum sie langsam müde wurde und sich Dinge einbildete. Dabei wäre es eigentlich für sie als Mensch normal gewesen, um diese Tageszeit wach zu sein und irgendetwas zu machen. Aber diese Art der Normalität hatte sie abgelegt, nachdem sie ihrem Mann nach Trigon gefolgt war.

Er und seine Freunde, mit denen sie hier wohnten, waren schließlich Vampire und damit eher nachtaktiv. Sie hatte sich ihm einfach angepasst und ihre Kinder ebenso daran gewöhnt. Wieder seufzte sie und setzte ihren Weg in den Flur und zu der Treppe fort, damit sie die Kleinen ins Bett bekam.

Als Erstes suchte sie ihre Jüngste auf, die mit ihrem Plüschwolf in der Hand unter ihrer Bettdecke lag und sie anlächelte.

„Kannst du mir noch eine Geschichte erzählen?", fragte

das Mädchen und sie nickte, ehe sie sich auf die Bettkante zu ihr setzte.

„Es war einmal eine kleine Prinzessin, die lebte in einem wunderschönen Schloss ...", begann sie und erzählte ihrer Tochter eines der Märchen, die sie selbst als Kind in Terra gerne gehört hatte. Der Kleinen gefiel es, denn sie lächelte, als die Geschichte geendet hatte.

„Das war so schön. Ich wäre auch gerne eine Prinzessin", sagte sie und ihre Mutter schmunzelte, ehe sie dem Kind einen Kuss auf die Stirn gab.

„Du bist meine kleine Prinzessin", flüsterte sie ihr zu, „Und jetzt schlaf gut und träum etwas Schönes."

Sie erhob sich von ihrem Bett.

„Gute Nacht, Mama", rief ihr das Mädchen hinterher, als sie ihr Kinderzimmer verließ.

Als Nächstes suchte sie den Jüngeren der Zwillinge in seinem Zimmer auf und entdeckte diesen mit einem Buch auf seinem Bett sitzend. Sie wusste aber gleich, dass er in diesem wohl eher nicht las, denn seine Brille lag bereits auf seinem Nachttisch. Vermutlich sah er sich nur die Bilder an, während er nachdenklich mit dem Stein an der Kette um seinen Hals spielte.

„Soll ich dir daraus vorlesen?", fragte sie ihn und er hob

seinen Blick in ihre Richtung. Dann schüttelte er den Kopf.

„Nein, brauchst du nicht", er ließ den Stein los und legte das Buch neben seine Brille auf den Nachttisch, ehe er unter seine Decke kroch, „Ich habe nur gerade daran gedacht, wie Papa uns immer aus diesem vorgelesen hat. Meinst du, er kommt bald wieder zu uns und liest uns wieder vor?"

Das wusste sie selbst nicht so genau. Sie wusste nicht, wie lange sie noch über ihn verhandeln würden und auch nicht, was ihr Urteil werden würde. Sie hatte tatsächlich sogar Angst davor, dass sie ihn wohl möglich nie wieder gehen ließen.

„Mama?", hörte sie ihren Sohn und er sah sie besorgt an.

„Ja, er wird euch auf jeden Fall wieder vorlesen", log sie ihn an, „Er kommt auch bestimmt bald zurück."

Seinem Blick nach kaufte er ihr das allerdings nicht ab.

„Und wenn er nicht zurückkommt?", fragte er, „Er hat uns doch gesagt, dass er sehr böse Sachen gemacht hat und deshalb bestraft werden wird, bevor er mit den Männern mitgegangen ist. Das ist schon ein paar Wochen her. Warum ist er noch nicht mit einem zurück, der auf ihn aufpasst, so wie beim letzten Mal?"

„Robin, ich weiß es nicht", gestand sie ihm und erneut spielte der Junge mit der Kette, „Aber er hat dir doch seine Kette gegeben, mit der Anweisung, dass du auf sie aufpassen sollst, bis er zurückkommt, oder? Er wird bestimmt zurückkommen, damit du ihm zeigen kannst, dass du sie immer noch hast."

Er nickte und sah auf den grünen Stein in seinen Händen. „Das hat er gesagt und seit ich die von ihm habe, bin ich auch nicht mehr ganz so traurig darüber, dass er gerade nicht hier ist", er sah sie an, „Aber manchmal habe ich Angst, dass er nicht mehr zu uns zurückkommt. Mama, kannst du nicht dorthin gehen, wo sie ihn hingebracht haben, und ihn holen? Kannst du ihnen nicht sagen, dass wir unseren Papa vermissen?"

Natürlich hätte sie auch zum Vampirkönig reisen können. Aber Nathaneal hatte ihr abgeraten davon, da es zu gefährlich für sie als Mensch dort sei. Jedenfalls ohne Begleitung. Und dass man ihr als Frau nicht zuhören würde, hatten ihr die Diener des Königs schließlich selbst gesagt, als sie nach dem Mann ihrer Freundin gefragt hatten, damit er an der Verhandlung mit teilnahm.

„Ich werde deinen Opa fragen, ob er mit mir dorthin geht und ihn holt", erwiderte sie ihrem Sohn und er nickte,

„Aber jetzt solltest endlich du schlafen."

„Ich würde dich auch begleiten, wenn du mich lässt", flüsterte er.

Sie lächelte und trat zu ihm, ehe sie auch ihm einen Kuss auf seine Stirn gab.

„Erst einmal warten wir ab, ob wir Nachricht heute Abend von deinem Opa bekommen", meinte sie und wandte sich wieder von ihm ab, „Schlaf gut, Robin und träum etwas Schönes."

Sie vernahm nicht, ob er ihr noch etwas erwiderte, doch sie sah, dass er seine Augen geschlossen hatte, als sie an der Tür innehielt und ihn kurz beobachtete. Dann endlich verließ sie sein Zimmer und suchte nun endlich den Älteren der Zwillinge auf.

Zu ihrer eigenen Überraschung hatte dieser allerdings bereits sein Licht ausgeschaltet und lag brav im Bett. Sie hörte ihn leise atmen und sah, dass er anscheinend schon schlief, weshalb sie leise wieder aus seinem Kinderzimmer ging.

Mit den Kindern im Bett wurde es auch Zeit für sie sich hinzulegen, daher stieg sie die Treppe wieder hinab, um in ihr Schlafzimmer zu gelangen. Nachdem sie ihre Zimmertür geschlossen hatte, hob sie ihr Nachthemd vom

Bett und zog sich dieses an. Dann nahm sie das Bild ihres Mannes von Nachttisch und gab diesem einen Kuss.
„Wo steckst du nur?", flüsterte sie ihm zu, „Und wann kommst du endlich zu mir wieder zurück?"
Ihr kam das Bild wieder vor Augen, das sie bereits in der Scherbe gesehen hatte und ihr stiegen Tränen in die Augen. Was, wenn sie ihn nie wieder sehen würde? Wenn diese Vampire ihn dafür umbringen würden, was er getan hatte?
Sie schüttelte den Kopf und wischte sich ihre Tränen weg. So etwas würden die nicht tun. Sie durften einander schließlich nicht töten, also jedenfalls nicht einfach so. Und aus ihrer Sicht hatte er nichts getan, was es rechtfertigen würde, dass sie dies tun durften.
Sie ließ sich auf ihrem Bett nieder und legte sich unter ihre Decke, ehe sie ihre Augen schloss und sich dem Schlaf hingab. Sonderlich ruhig war dieser allerdings nicht und vor allem währte er auch nicht sonderlich lange, da eine kleine Hand sie vorsichtig an der Schulter griff und versuchte zu wecken.
„Mama?", flüsterte eine Kinderstimme und sie blinzelte verschlafen in das Gesicht ihres Störers. Es war ihre Tochter und in ihrem Arm hielt sie ihr Kuscheltier.

Anscheinend hatte die Kleine geweint.

„Annika, was ist denn los?", fragte sie ihr Kind vorsichtig, „Warum hast du denn geweint?"

Sie setzte sich auf und nahm das Mädchen in den Arm.

„Ich hatte einen Alptraum. Papa kam darin vor. Sie haben ihm wehgetan", erzählte sie und weinte wieder.

„Das ist nicht echt gewesen, mein Schatz", sagte ihre Mutter beruhigend und strich dem Kind über den Rücken, „Das war nur ein Traum. Niemand tut deinem Papa irgendwie weh. Das lässt der nicht mit sich machen und wehrt sich."

Langsam stoppten die Tränen des Mädchens und sie sah sie an.

„Wirklich?", fragte die Kleine unsicher und die Ältere nickte.

„Ja wirklich", bestätigte sie noch einmal und merkte, wie das Kind auf die Bettseite hinter ihr schielte, „Was hältst du davon, wenn du heute bei mir schläfst? Vielleicht hast du dann weniger Angst."

Das Mädchen wischte sich ihre restlichen Tränen weg, während ihre Mutter ihr ein wenig Platz machte, damit sie an ihr vorbei auf die Bettseite ihres Vaters kriechen konnte. Dann legte sie sich mit dem Gesicht zur Älteren unter ihre Decke und sah sie an.

„Lass uns jetzt weiterschlafen", sagte sie ihrem Kind sanft und wartete, bis sie die Augen geschlossen hatte, ehe sie dies eben so tat und versuchte weiterzuschlafen.

Dieses Mal gelang ihr das schon etwas besser, allerdings wurde sie schließlich davon geweckt, dass eine Kinderhand in ihrem Gesicht landete. Jetzt war sie wieder wach.

Vorsichtig hob sie die Hand aus ihrem Gesicht und stand auf, während ihr Kind weiterzuschlafen schien. Leise zog sie sich ein Paar Socken an und verließ dann ihr Schlafzimmer, um in Richtung Wohnzimmer zu gehen. Immer noch war es hell draußen und das hieß, dass weder ihre Freundin Mina, noch deren Mann oder ihr Schwiegervater bald zurück nach Hause kamen. Dabei hätte es ihr gerade gutgetan, mit jemanden zu reden. Leise ging sie in die Küche und räumte das abgewaschene Geschirr weg, ehe sie zur Uhr sah. Es war gerade einmal halb vier. Es würde also noch lange bis Sonnenuntergang dauern. Sie war einfach viel zu früh wach.

Vielleicht sollte ich es doch noch mit ein wenig Schlaf versuchen, dachte sie und ging zurück in ihr Schlafzimmer, wo sich ihre Tochter mittlerweile in die

Bettdecke gewickelt hatte und auf der Bettseite ihres Vaters friedlich schlummernd lag. Sie schmunzelte bei dem Anblick und legte sich auf ihre Seite dazu, jedoch ohne Decke, um ihr Kind nicht zu wecken.

Wieder dämmerte sie weg und träumte von ihrem Mann, welcher weinte und ihr mehrfach sagte, dass es ihm leidtäte und er sie lieben würde, bevor er vor ihren Augen ins Nichts verschwand. Sie verstand nicht, was das zu bedeuten hatte und suchte ihn dort, wo er gewesen war, doch er blieb verschwunden. Ein paarmal rief sie ihn und, weil sie keine Antwort bekam, weinte sie.

„Mama?", hörte sie in der Ferne eines ihrer Kinder und wurde sich bewusst, dass diese sie brauchten, auch wenn ihr Geliebter ihr fehlte. Sie musste schließlich für sie da sein.

„Mama, bitte wach auf!", flüsterte die Kinderstimme erneut und eine kleine Hand rüttelte an ihrer Schulter, was sie nun aus ihrer Traumwelt erwachen ließ. Vor ihr stand Robin und sie konnte riechen, weshalb er sie mit Tränen in den Augen geweckt hatte. Außerdem sah sie auch den Fleck in seiner Schlafhose.

Vorsichtig setzte sie sich auf und warf einen Blick zu ihrer Tochter, die aber wohl nicht geweckt worden war durch ihren Bruder.

„Mir ist ein Missgeschick passiert", jammerte der Junge leise und sie schob ihre Beine aus dem Bett, ehe sie aufstand.

„Aber das hatte sich doch wieder gegeben oder nicht, Robin?", erwiderte sie ihm und strich ihm sanft über den Kopf, „Lass uns in den Flur gehen und da reden, damit wir deine Schwester nicht wecken, ok?"

Er nickte brav und folgte ihr hinaus aus dem Schlafzimmer. Vor den Treppen blieb sie stehen und drehte sich zu ihm um.

„Ich hatte einen Alptraum und so große Angst", sagte er ihr und wirkte doch etwas beschämt, „Papas Kette hilft mir nicht mehr."

Noch einmal strich sie ihm sanft über den Kopf.

„Doch das tut sie, du musst nur daran glauben", sagte sie ihm und nahm seine Hand, „Wir gehen jetzt nach oben und ich gebe dir saubere Sachen aus deinem Schrank, damit du dich gleich duschen gehen kannst, während ich dein Bett neu beziehe, ok?"

Wieder nickte der Junge und stieg an ihr vorbei die Treppe hinauf. Sie folgte ihm leise bis in sein Zimmer, wo sie mit dem eingeschalteten Deckenlicht sah, dass in seinem Bett ein nasser Fleck war.

Stumm ging sie zu seinem Kleiderschrank und holte ein paar Sachen für ihn heraus. Eigentlich war er selbstständig genug, um sich diese selbst zu holen, doch da er vermutlich gerade durch sein Missgeschick verunsichert war, tat sie dies nun für ihn. Natürlich war sie auch verärgert darüber, aber es brachte auch nichts, wenn sie mit ihm schimpfen würde.

Sie reichte ihm die Sachen und sah ihm kurz hinterher, als er das Zimmer verließ, ehe sie zu einem der anderen Schränke ging und dort neues Bettzeug für ihn hervorholte.

Seit ihr Mann vor einem halben Jahr verschwunden war, hatte sie das öfters tun müssen für Robin, der den Verlust seines Vaters wohl damit kompensierte, dass er im Schlaf ins Bett machte.

Es war allerdings besser geworden, nachdem ihr Liebster für eine kurze Zeit doch wieder bei ihnen gewesen war und er ihrem Sohn die Kette gegeben hatte, die der Junge nun stets um den Hals trug.

Es war also sehr ungewöhnlich, dass Robin sein Problem jetzt wieder hatte. Und dass sie selbst einen schlechten Traum und irgendwelche Einbildungen hatte, die ihrem

Mann betrafen, war sicherlich auch kein gutes Zeichen. Irgendetwas stimmte nicht.

Nachdem sie das Kinderbett neu bezogen hatte, hob sie die alte Bettwäsche hoch und verließ das Zimmer in Richtung Badezimmer, wo Robin sich gerade seine nassen Haare kämmte.

„Ich habe meine Schmutzsachen in den Wäschekorb getan", sagte er ihr und sie nickte, bevor sie an ihm vorbei zu besagte Korb ging und die Bettsachen ebenfalls darauf legte. Sie würde die Sachen gleich in den Keller bringen und in sie in die Waschmaschine stecken, damit es keinem auffiel, was passiert war.

„Wovon hast du geträumt, dass du so Angst hattest?", fragte sie ihn und hob den Wäschekorb an. Er drehte sich zu ihr um.

„Papa", erwiderte er ihr, „Davon, dass er mich vergessen hat."

Sie sah ihn traurig an.

„Das würde er nie tun, Robin", versicherte sie ihm, „Er liebt dich, deinen Bruder und deine Schwester. Da kann er euch doch nicht einfach so vergessen."

Der Junge holte wieder seine Kette hervor und spielte mit dem Stein.

„Du kannst jetzt noch etwas in deinem Zimmer spielen. Ich werde eben die Wäsche in die Maschine unten stecken und dann das Frühstück vorbereiten", er nickte und hielt ihr die Badezimmertür auf, damit sie mit dem Waschkorb hindurchkam, „Danke, sehr lieb von dir."
Sie ging an ihm vorbei zur Treppe und stieg hinab.
Als sie wieder zurück aus dem Keller kam, saßen ihre drei Kinder im Wohnzimmer und spielten eines ihrer Kinderspiele, welches sie wohl aus ihren Kinderzimmern mitgebracht hatten. Annika trug allerdings immer noch ihren Schlafanzug.
„Ihr seid ja alle schon munter", begrüßte sie ihre Kinder, die sich sofort zu ihr umdrehten, „Ich mache euch jetzt Frühstück. Jonathan, kannst du deiner Schwester eben helfen, sich etwas anzuziehen?"
Das Mädchen sah zu ihrem Bruder und schüttelte den Kopf.
„Ich kann das alleine. Ich bin schon groß", sagte sie lautstark und eilte an ihrer Mutter vorbei in den Flur zur Treppe. Ihr älterer Bruder zögerte kurz, seufzte dann und folgte ihr, so wie er gebeten worden war.
Als die beiden weg waren, sah sie aus dem Fenster und stellte fest, dass es nun endlich dunkel draußen war und

dies hieß, dass bald einer der anderen zurückkäme.

„Ich möchte dir helfen", vernahm sie Robins Stimme und sie nickte.

„Du kannst den Tisch decken", schlug sie ihm vor und er folgte ihr in die Küche, wo er sogleich zu einem der Schränke ging, um Teller hervorzuholen. Sie nahm währenddessen das Brot und legte es auf den Esstisch. Als sie den Kühlschrank öffnete, vernahm sie das Klacken der Haustür, was wiederum hieß, dass einer ihrer Mitbewohner zurückgekommen war.

Robin, der gerade dabei gewesen war, Messer aus der Schublade zu holen, ließ diese einfach nur auf den Tisch fallen und eilte ins Wohnzimmer, um zu sehen, wer gerade heimgekommen war.

„Tante Mina!", hörte sie den Jungen rufen und schloss den Kühlschrank, ehe sie ebenfalls ins Wohnzimmer ging. Sie entdeckte ihre Freundin im Wohnungseingang, die sich gerade ihre Schuhe auszog. Neben der Vampirin standen zwei gefüllte Körben, die die Aufmerksamkeit des Jungen auf sich zogen.

„Hast du uns etwas mitgebracht?", fragte er auch direkt und die Frau nickte.

„Ich habe euch etwas zu essen mitgebracht", erklärte sie

ihm und seine Mutter schmunzelte, als der Knabe sein Gesicht verzog. Dann ging sie zu ihrer Freundin und nahm ihr einen Korb ab.

„Du siehst nicht gut aus", sagte ihr die Vampirin, „Du bist sehr blass und hast ziemlich starke Augenringe."

Sie sah ihre Freundin verärgert an.

„Das ist schon länger so", gab sie zurück und schritt mit einem der Einkäufe in die Küche. Hinter ihr hörte sie ihre Freundin mit dem zweiten Korb folgen.

„Nein, für gewöhnlich siehst du besser aus", kommentierte sie hinter ihr und stellte das Getragene auf die Küchentheke, „Außerdem siehst du aus, als würde dich etwas bedrücken."

Das stimmte ja auch. Sie machte sich Sorgen um ihren Mann. So wie schon das letzte halbe Jahr lang.

„Es geht um Kuro", erwiderte sie ihrer Freundin und begann die Einkäufe in die Schränke zu räumen, „Ich mache mir Sorgen. Sie sind schon so lange am Verhandeln über seine Taten und immer noch haben wir nichts von ihnen gehört dazu.

Ich schlafe schlecht deshalb und die Kinder anscheinend auch. Sie haben Alpträume und Robin ist heute auch wieder sein Missgeschick passiert."

„Aber das war doch seit ein paar Wochen weg", meinte die andere verwundert.

„Ja, war es. Aber dieses Mal hatte er einen so schlimmen Traum, dass er es wieder getan hat", sie drehte sich zu ihrer Freundin um, „Er sagte, er hätte geträumt, dass sein Vater ihn vergessen hat."

Die Vampirin runzelte die Stirn, ehe sie besorgt zur Seite sah.

„Darf ich ehrlich zu dir sein?", fragte sie dann und die Angesprochene nickte, woraufhin die Vampirin ihren Blick wieder in ihre Richtung hob, „Sie verhandeln bereits zu lange. Es wird immer unwahrscheinlicher, dass dein Mann jemals wieder zurückkommt."

Entsetzt sah sie ihre Freundin an und ihr kamen Tränen, bevor sie ihren Kopf schüttelte.

„Wie kannst du so etwas sagen?", entfuhr es ihr, „Er kam bisher immer zurück. Und wenn sie ihn nicht gehen lassen, werde ich dorthin gehen und ihn holen."

Die Vampirin hob versöhnlich die Arme.

„Ich wollte nur ehrlich sein mit dir. Es kann ja sein, dass sich aus anderen Gründen alles verzögert", meinte diese, „Mein Mann ist ja auch noch nicht zurück. Und du solltest nicht zum König reisen, das weißt du doch. Es ist zu gefährlich für dich.

Die Vampire dort kannst du nicht alle mit deinem Dolch aufhalten. Und ich denke, das mit dem Vergiften solltest du lieber auch nicht dort versuchen. Am Ende bestrafen sie dich auch noch dafür."

Sie wusste, worauf ihre Freundin anspielte. Kurz nachdem ihr Mann geflohen war, hatten die Männer des Vampirkönigs sie aufgesucht und ihr angedroht, sie mitzunehmen, sollte sie die Verhaftung ihres Ehemannes irgendwie behindern. Sie hatte sich den Fremden gegenüber kooperativ gezeigt und ihnen sogar etwas von den Blutvorräten angeboten, die sie im Haus hatte. Dass sie beim Holen der Flasche aus dem Keller ihren Silberring in diese hineingeworfen hatte, war den Bedienten nicht aufgefallen. Und laut Aussage von Nathaneal, hatte sich die Vergiftung durch das Silber bei den Männern auch erst bemerkbar gemacht, als diese zurückgekehrt waren in Richtung König. Natürlich war er alles andere als erfreut über ihre Tat gewesen, auch wenn er ihr Motiv dahinter verstehen konnte.

'Mord sei nie der richtige Weg', hatte er ihr gesagt und er hatte ja auch recht. Ihrem Mann hatte das schließlich bisher auch nur Ärger bereitet.

„Ich will ihn einfach nur wiedersehen", sagte sie der Vampirin, „Es sollte doch möglich sein, dass ich ihn zumindest im Gefängnis besuche oder etwa nicht?"
Ihre Freundin zuckte ratlos mit den Schultern.
„Darüber solltest du mit meinem Mann reden, wenn er wieder zurück ist", ihr Blick ging zu dem halb gedeckten Küchentisch, „Ihr habt noch nicht gefrühstückt?"
Sie klang ein wenig verwundert, erhielt aber ein Nicken zur Antwort.
„Ich musste, wie gesagt, erst Robins Missgeschick beseitigen", rechtfertigte sie sich, „Das Mittagessen wird dann eben auch später heute."
Die Vampirin nickte zustimmend und ging zum Tisch, um die Messer zu verteilen, die Robin einfach nur dort abgelegt hatte. Derweil holte die andere ein wenig Wurst und Käse aus dem Kühlschrank, um sie zu dem Brot zu stellen, ehe sie aus einem der Schränke eine Butterdose holte und diese ebenfalls auf dem Esstisch platzierte.
„Was hältst du davon, wenn ich das Kochen nachher für dich übernehme und du dich noch ein wenig hinlegst?", schlug ihre Freundin ihr vor, doch sie schüttelte den Kopf, „Es war auch nur ein Vorschlag."
Die Küchentür ging auf und die drei Kinder traten

nacheinander ein, während sie aus dem Schrank vier Gläser holte und auf den Tisch stellte.

„Du, Mama?", sprach der Älteste von ihnen seine Mutter an, während sich seine Geschwister an den Tisch setzten, „Können wir bald einmal wieder Onkel Shiro besuchen? Wir waren schließlich schon lange nicht mehr bei ihm."

Sie überlegte.

Eigentlich wäre es für sie alle eine gute Abwechselung, wenn sie zum Bruder ihres Mannes reisen würden. Es wäre zumindest eine Ablenkung von ihren Problemen.

„Das ist eine gute Idee, Jonathan", mischte sich ihre Freundin ein und wandte sich ihr zu, „So bekommt ihr alle etwas Abwechselung. Ich werde morgen Abend einmal meinem Sohn fragen, ob er euch eine Mitfahrgelegenheit besorgen kann. Oder meinen Mann, wenn er früher zurückkommt."

Der Junge lächelte und setzte sich nun auch an den Tisch, während seine Mutter eine Saftflasche aus dem Kühlschrank holte.

„Wenn dein Mann und mein Schwiegervater zurück sind, brauchen wir keine Fahrgelegenheit. Ihr müsst uns nur tragen dann", scherzte sie zu der Vampirin, nachdem sie sich wieder umgedreht hatte und stellte den Saft auf den

Tisch, ehe sie sich neben ihre Kinder niederließ.

Die Angesprochene lachte leise und gesellte sich ebenfalls dazu, hatte jedoch als einzige von ihnen weder ein Messer noch Teller vor sich.

„Das geht natürlich auch", bekam sie als Antwort von ihr und sah ihren Kindern dabei zu, wie sie sich ihre Brote beschmierten. Sie selbst hatte keinen Hunger und aß daher nichts, was natürlich auch ihrer Freundin auffiel.

„Iss bitte etwas!", bat diese sie, „Du willst doch deinen Kindern kein schlechtes Vorbild sein und auf das Frühstück verzichten."

Sie warf ihr einen verärgerten Blick zu und nahm sich doch eine Scheibe Brot, die sie mit etwas Wurst belegte. Als ob diese Vampirin überhaupt wusste, wie man diesbezüglich ein Vorbild war. So oft hatte sie sicherlich nicht mit ihrem Sohn zusammen frühstücken können. Sie biss widerwillig in das Brot und kaute, ehe sie es wieder ablegte und ihren Kindern ein wenig zu trinken eingoss. Danach aß sie weiter, damit ihre Freundin zufrieden war.

„Hast du heute schon ... ?", begann sie, nachdem sie aufgegessen hatte, ließ aber den Rest ihrer Frage unausgesprochen. Die Vampirin verstand sie trotzdem und nickte.

„Ja, ich hatte heute schon Blut, bevor ich von meinem Sohn aufgebrochen bin", erwiderte sie ihr, „Ich brauche also heute hier nichts mehr."

Sie nickte ebenfalls und beobachte wieder ihre Kinder, die eines nach dem anderen ihre Teller und Gläser leerten.

Und als die Letzte von ihnen fertig war, war es eben diese, die ihre Mutter ansah.

„Dürfen wir spielen, Mama?", wollte sie wissen und erhob sich von ihrem Platz.

„Ja, aber bitte stellt eure Teller und Gläser in die Spüle", bat sie das Mädchen und die Kleine nickte brav, ehe sie wie geheißen ihr Geschirr wegstellte.

Ihr folgen ihre beiden Brüder und gemeinsam verließen sie die Küche, sodass sie nur noch mit der Vampirin allein zurückblieb.

„Warum gehst du nicht mit und schaust ihnen zu?", schlug diese vor, „Hier unten kann ich auch aufräumen. Außerdem habe ich doch ohnehin auch mitgebracht, was es nachher zum Mittag geben soll, also kann ich das auch vorbereiten. Oder du legst dich noch etwas hin. Du siehst nämlich wirklich so aus, als könntest du eine Pause gebrauchen."

Damit hatte ihre Freundin vermutlich recht.

„Ich muss noch die Wäsche im Keller abnehmen und zusammenlegen", widersprach sie ihr dennoch, „Und danach die neue Wäsche aufhängen."

Die Vampirin seufzte.

„Das kannst du ja auch machen, aber die Zeit dazwischen könntest du dich ausruhen. Oder du gehst halt nach oben", meinte sie erneut, „Es ist doch nur ein Vorschlag, damit es dir besser geht."

Die Angesprochene starrte auf den Teller vor sich, nickte dann aber und stand auf.

„Du hast ja recht", sagte sie, „Ich gehe jetzt eben nach unten und wechsel nur die bereits trockene Wäsche mit der frisch gewaschenen aus. Und danach lege ich mich doch etwas hin. Das Zusammenlegen und Wegräumen der Sachen kann ich später immer noch tun."

Ihre Freundin lächelte und sie verließ die Küche, um hinab in den Keller zu steigen. Dort nahm sie die trockenen Sachen vom Wäscheständer ab und legte sie in einen der beiden leeren Wäschekörbe unten, ehe sie mithilfe des Zweiten die andere Wäsche aus der Maschine holte und aufhing.

Nachdem sie dies getan hatte, ging sie zurück nach oben,

um in ihr Schlafzimmer zu gelangen.

Sie schloss die Zimmertür hinter sich und blieb einen Moment im Dunkeln stehen, während sie sich an ihren Mann erinnerte und daran, dass er sie gerne ins Bett befördert hatte, bevor sie überhaupt die Chance gehabt hatte, das Licht einzuschalten.

Dabei hätte sie von ihrer Bettseite aus dieses auch wieder ausschalten können. Er hatte sie nur meist einfach nicht gelassen.

Tatsächlich wartete sie sogar jetzt darauf, dass er dies wieder täte, aber nichts passierte und sie schaltete das Licht doch ein, womit sie sich eingestehen musste, dass ihr Wunschdenken nicht real war.

Sie ging zu ihrem Bett und entdeckte das Kuscheltier ihrer Tochter, welches unter ihrer Decke lag.

Schmunzelnd nahm sie den Wolf in die Hände und lächelte. Den hatte ihr Mann ihrer Tochter damals in Terra geholt, kurz bevor sie nach Trigon gekommen waren. Das war schon ein paar Jahre her und man sah dem Tier an, dass es schon älter war.

Ihr Blick ging zu seinem Bild auf dem Nachttisch.

„Wer hätte gedacht, dass sie den so lange behält?", sagte sie zu dem Bild und stellte das Kuscheltier dazu, „Bitte

komm schnell wieder zurück! Wir vermissen dich alle."
Sie gab ihm einen Kuss und legte sich in ihr Bett, ehe sie
das Licht ausschaltete. Und tatsächlich schlief sie kurz
darauf wieder ein. Dieses Mal sogar tiefer als zuvor.
Als sie wieder erwachte, wusste sie nicht, wie spät es war.
Aber sie hörte, wie jemand die Treppe hinabeilte und ins
Wohnzimmer lief. Eilig stand sie auf und fand relativ gut
im Dunkeln die Zimmertür.
Sie hörte eine Stimme von der Haustür, die ihr bekannt
vorkam. Neugierig trat sie ins Wohnzimmer, wo ihr Sohn
Robin bereits auf sich zu gelaufen kam.
„Onkel Nathaneal hat gesagt, dass du zu ihm kommen
sollst. Und Opa hat eine Holzkiste mitgebracht", erzählte
er ihr aufgeregt.
Irritiert sah sie ihn an. Holzkiste? Warum brachte ihr
Schwiegervater vom König eine Holzkiste mit? Das ergab
keinen Sinn für sie. Ein Schauer lief ihr über den Rücken
und sie ahnte nichts Gutes, als sie ihrem Sohn nach
draußen folgte.
Ihr kamen die Worte von Mina in den Sinn. Darüber, dass
sie zu lange über ihren Mann verhandelt hatten bisher
und er deshalb nicht zu ihr zurückkehren würde. Und sie
sah wieder das Bild vor ihren Augen, dass sie gestern

gesehen hatte. Ihren Mann mit schlimmen Verbrennungen. Was, wenn das wirklich mit ihm passiert war? Wenn in dieser Kiste seine Reste waren?

Sie verdrängte den Gedanken und trat mit Robin vor die Tür, wo ihr Blick zunächst in die Mienen der Vampire und dann auf die Holzkiste fiel.

Außerdem hörte sie ihren Mann fluchen, doch sie sah ihn nirgends. Und dabei hatte sie ihn ganz eindeutig vernommen. Was hatte das zu bedeuten? Hatte sie sich das nur eingebildet

Kapitel 3

Abschied

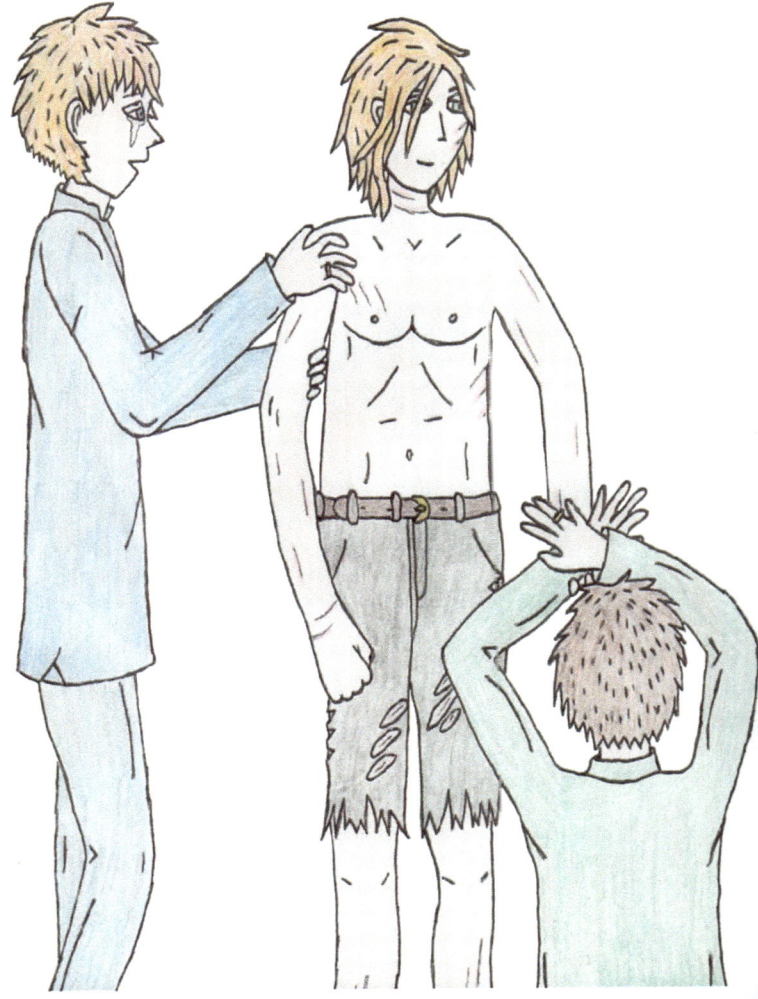

~Trigon 22.06.2047~

Er erwachte in einem spärlich beleuchteten Raum, in dem es nach etwas Verbrannten roch. Jedenfalls meinte er, dass dieser Geruch von so etwas stammen musste, auch wenn er tatsächlich im Moment keine Ahnung davon hatte.
Er ließ seinen Blick wandern und entdeckte in der Mitte des Raumes unter einem Metallbogen, von dem er nicht verstand, warum jemand so ein Ding dort hinstellen würde, zwei Fremde, die dabei waren, etwas von Boden aufzusammeln.
Einen Moment sah er ihnen dabei zu und versuchte zu verstehen, was sie da einsammelten, während seine innere Stimme ihm riet, dass er diese Fremden angreifen möge. Und da in ihm immer noch diese Wut war, gab er seinem Impuls nach und stürzte sich auf den Erstbesten von beiden, was sie zu erschrecken schien.
„Scheiße, hör auf uns anzugreifen!", rief ihm der zu, den er gerade nicht als sein Opfer auserkoren hatte, „Wir sind es doch. Du kennst uns."
Wollte dieser Mann damit wirklich andeuten, dass er sie kannte und nicht angreifen sollte? Diese Fremden waren ihm aber unbekannt und etwas in ihm fand es auch

richtig, sie anzugreifen. Er war schließlich dafür gemacht, solche wie sie zu attackieren. Jedenfalls sagte ihm sein Innerstes das.

„Er hat recht", stimmte der Zweite mit ein, während er sich von ihm losriss und vor ihm zurückwich, „Ich bin es. Nathaneal. Ich weiß, zwar nicht, was mit dir los ist, aber ich bin nicht dein Feind, Kuro."

Damit konnte der Vampir aber auch nichts anfangen. Er kannte diese Namen nicht. Er erkannte diese Fremden nicht. Nicht einmal, nachdem er den Mann vor sich noch einmal genauer betrachtet hatte. Woher also sollte er sich sicher sein, dass sie nicht seine Feinde waren und seinen Angriff verdient hatten?

Im Hintergrund hörte er den Zweiten einen der Namen wiederholen, doch er schüttelte den Kopf.

Nein, er wusste nicht, wovon sie sprachen. Und er wollte es auch gerade nicht wissen, deshalb packte er sein Gegenüber am Arm.

„Hör auf damit und erinnere dich!", flehte ihn dieser an, doch er achtete nicht auf seine Worte, sondern darauf, was seine innere Stimme ihm sagte. Sie sprach von einer Gabe, die er hätte und die er an dem Fremden ausprobieren solle.

Er drang in die Gedanken seines Gegenübers ein und erschuf dort mit den seinigen ein Trugbild, ja so etwas wie einen Alptraum, aus dem sich sein Opfer nicht befreien konnte. Schatten jagten und attackierten den Fremden dort, sodass dieser laut aufschrie, obwohl ihm in der Wirklichkeit nichts passierte.

Dem Vampir gefiel das Leid des Mannes und auch, dass dieser sich nicht von ihm befreien konnte und sich dementsprechend auch nicht mehr wehrte.

Hinter ihm hörte er wieder den Zweiten schimpfen, den er aber ignorierte. Viel zu beschäftigt war er damit, seinem Opfer dabei zuzusehen, wie er um sein Leben kämpfte in dieser Alptraumwelt, in die er ihn geschickt hatte.

Erst als ihn der Zweite von hinten packte und ihn von dem Fremden damit wegriss, unterbrach sein Spiel und der Vampir knurrte wütend den an, der sich da eingemischt hatte.

Dafür werde ich das nun mit dem tun, sagte er sich und drehte seinen Kopf. Doch als er in das Gesicht des Fremden blickte, wusste er, dass er diesen nicht attackieren sollte. Seine Gesichtszüge waren ihm irgendwie vertraut.

„Bitte hör auf, mein Sohn!", flehte dieser ihn an und

weinte. Der Vampir konnte aber mit seinen Worten nichts anfangen.

Erneut meldete sich seine innere Stimme und erinnerte ihn daran, dass er sich unsichtbar machen könnte, um sich von dem Fremden zu befreien, was er so gleich tat. Damit sorgte er aber auch für Abstand zwischen ihm und den beiden. Er musste nachdenken. Er musste sich klar werden, ob er sie wirklich weiter angreifen wollte, sollte oder nicht.

„Komm zurück und lass uns reden!", riefen sie ihm nach, aber er ignorierte sie und suchte sich eine Stelle, von der aus er den Raum noch einmal genauer betrachten konnte, um vielleicht neuere Erkenntnisse zu finden.

Dieser war rund und hatte an gut der Hälfte aller Wände dunkle, schwere Vorhänge. Ein Schauer lief ihm bei der Frage über den Rücken, was dahinter lag und ein weiterer, als er erneut zu dem seltsamen Bogen in der Mitte des Raumes sah, unter dem verkohlte Überreste von irgendetwas lag. Hatte es hier ein Feuer gegeben?

Das würde den Geruch zumindest erklären, schloss er für sich.

Weil er ihnen nicht mehr antwortete, gingen die beiden Fremden zurück zu dem, wo er sie unterbrochen hatte und jetzt erst erkannte er, dass sie die verbrannten Reste vom Boden in eine Holzkiste sammelten. Außerdem hörte er sie weinen.

Seine Wut flachte nun gänzlich ab und ihm überfiel eine seltsame Traurigkeit.

Warum waren die beiden überhaupt hier? Etwa um das, was dort lag, einzusammeln? Was war es denn, was da lag?

Neugierig geworden, trat er doch wieder näher und beobachtete sie bei ihrer Aktion, doch als er einen Schädelknochen erkannte, kehrte seine Wut schlagartig wieder zurück.

Jemand hatte hier seine Ruhestätte und diese Fremden waren dabei, die Ruhe dieses Toten zu stören. Jedenfalls glaubte er das plötzlich. Und ihm missfiel das ganz gewaltig, weshalb er denselben wie vorher wieder angriff und ihn somit von den Überresten wegstieß, ehe er erneut dazu überging, ihn in eine Alptraumwelt zu schicken.

Dass er sich dabei wieder sichtbar gemacht hatte, hatte er jedoch nicht bemerkt. Er wollte sie einfach nur daran hindern, die Totenruhe zu stören, denn dies schürte erneut seine Wut.

„Es tut mir leid, dass ich dich nicht vor ihnen beschützt

habe, Kuro", jammerte er, während er den Kreaturen auszuweichen versuchte, die der Vampir erschaffen hatte, was dieser wiederum hörte, aber nicht wirklich verstand. Wofür entschuldigte dieser Mann sich bitte? Sie kannten sich doch gar nicht und ihm sagte der Name, den er da benutzte, auch nichts. Den sie beide anscheinend immer wieder nutzten. Für ihn klang er fremdartig. Fast als würde er aus einer Sprache stammen, die er nicht kannte. Vielleicht war es das ja auch. Eine Fremdsprache.

„Warte, vielleicht erinnerst du dich ja, wenn ich ... ?", vernahm er den Zweiten hinter sich, ignorierte ihn aber erneut. Viel zu sehr war er mit dem anderen beschäftigt. Wenn er mit diesem fertig war, würde er sich mit dem Verbliebenen auch befassen.

Eine plötzliche Erinnerung flammte im Kopf des Vampirs auf. Ein Name. Sein Name.

„Kuro?", rief der Zweite ihm zu und plötzlich verstand er, was diese Fremde ihm sagen wollten. Das war sein Name, den diese Männer benutzten und ihre Entschuldigung galt damit ihm. Er kannte diese beiden Fremden anscheinend doch, aber er verstand nicht woher. Verwirrt ließ er sein Gegenüber los und dieser atmete erleichtert auf, da der Alptraum für ihn ein Ende hatte.

Er drehte sich um und starrte auf das, was der andere in Händen trug. Es war das Stück eines Schädelknochens, welches er zuvor gesehen hatte und welches seine Wut wieder hatte entflammen lassen, auf dem jetzt mit Blut vier Zeichen geschrieben waren.

„Kuro, erinnere dich bitte!", sprach ihn der Mann mit dem Schädel an, aber er verstand überhaupt nicht, was das zu bedeuten hatte. Warum hatte er das darauf geschrieben und warum half es ihm, damit sein Name ihm wieder vertraut vorkam? Was hatte das zu bedeuten und wollte er es wissen? Es machte ihm Angst, weshalb er sich dazu entschied, unsichtbar zu werden.

Er musste weg von diesem Ort. Er musste sofort weit weg von dort, wo er war und von den Fremden.

Tatsächlich gelang es ihm dadurch, dass er seine Augen kurz schloss, in jener Dunkelheit zu landen, aus der er sich zuvor befreit hatte. Jedenfalls wirkte sie so, wie jene. Es war ein angenehm ruhiger Ort, wie er feststellte, an dem er nachdenken könnte. Er spürte, dass dies wohl sein Rückzugsort war. Er wusste nur nicht, warum er so einen hatte, nahm ihn aber dankend an.

Er dachte an die beiden Fremden und das, was er bisher herausgefunden hatte. Seine Fähigkeiten hatten sich fremdartig für ihn angefühlt, als er sie genutzt hatte und doch hätten sie ihm doch vertraut sein müssen, oder etwa nicht? Nicht einmal, nachdem er sie genutzt hatte, hatte er wirklich das Gefühl gehabt, dass er sie nur vergessen und nun wieder gelernt hatte.

Bei seinem Namen war das anders gewesen. Der war ihm zwar auch fremdartig gewesen, aber nachdem er sich an ihn erinnert hatte, war er ihm wieder vertraut gewesen. Kein Wunder, denn er hatte ihn schließlich sein Leben lang getragen und war damit sicherlich auch angesprochen worden.

Er stutzte.

Warum kam ihn der Gedanke, dass er ihn getragen hatte? Er hieß doch immer noch so. Sie hatten ihn doch immer noch so genannt. Warum dachte er denn, dass dies nun vorbei wäre? Etwa, weil er tot war?

Er schüttelte den Kopf.

Nein, er war doch nicht tot. Wie kam er jetzt darauf? Etwa, wegen des Toten, dessen Reste die Fremden eingesammelt hatten? Glaubte er ernsthaft, dass die zu ihm gehörten? Was machte ihn bitte so sicher, dass es Seine waren? Vielleicht waren es auch die eines anderen, die er bewacht hatte. Eines Fremden, den er wohl möglich

gekannt hatte und den auch die anderen gekannt hatten.
Gut gekannt hatten, denn sie hatte ja schließlich auch um diesen getrauert.

Es gab vermutlich nur einen Weg, um die Fragen des Vampirs zu beantworten. Er musste zu ihnen zurück und sie fragen. Sie kannten immerhin seinen Namen. Vielleicht also wussten sie noch mehr über ihn und vielleicht auch darüber, wer der Tote war. Sie würden ihm sicherlich antworten, wenn er ihnen nun in friedlicher Absicht gegenübertrat und sie nicht mehr angriff. Er hoffte es zumindest.

Wieder schloss er kurz die Augen und kehrte zurück in den dunklen Raum, wo er sie getroffen hatte, doch sie waren bereits weg. Und mit ihnen die verkohlten Reste, die sie eingesammelt hatten.

Er musste sie finden und hoffte, dass sie noch nicht weit weg waren.

Unsichtbar verließ er den Raum durch die einzige Tür, die mittig von den nicht verhangenen Wände lag. Als er den Flur vor sich sah, wurde ihm bewusst, dass dies wohl möglich doch keine Ruhestätte gewesen war. Dafür war das hier zu groß. Das war schließlich ein ganzes Haus. Und der Zweck dieses Gebäude erschloss sich ihm auch erst, als er die Treppe nach unten schritt.

Die vielen vergitterten Türen auf den Fluren, die er passierte, sprachen jedenfalls dafür, dass es ein Gefängnis war. Und es war diese Erkenntnis, die ihm wieder einen Schauer über den Rücken jagte.

Warum war er in einem Gefängnis? Hatte er etwas mit denen zu tun, die hier eingesperrt waren? Hatte er sie bewacht? Oder war er einer von ihnen?

Nein, er war ganz sicher keiner von ihnen. Mit seinen Fähigkeiten war er vermutlich mehr ihr Wächter gewesen. Wieder schüttelte er den Kopf.

Er war vermutlich immer noch ihr Wächter. Warum dachte er schon wieder, dass es vorbei wäre?

Von draußen vernahm er die Stimmen der Fremden, als er endlich den Ausgang erreichte, jedenfalls glaubte er, dass es dieser wäre. Er versuchte die Tür zu öffnen, doch da sie wohl abgeschlossen war, scheiterte er daran.

Ich brauche einen Schlüssel, fiel ihm plötzlich ein. Er tastete an sich herab, stellte er jedoch fest, dass die zerrissene Hose, die er wohl als einziges Kleidungsstück trug, nur leere Taschen hatte und er somit keinen Schlüssel besaß.

Bisher hatte er dem, was er am Leib trug, keine Beachtung

geschenkt. Warum bitte trug er so etwas, wenn er hier als Wache arbeitete? Und warum hatte er keinen Schlüssel? Noch ein Schauer lief ihm über den Rücken. Es sah für ihn viel mehr aus, als sei er ein Gefangener, der im Begriff war zu fliehen. Alles, was ihn noch stoppte, war diese Tür. Hatte er nicht noch irgendeine weitere Fähigkeit, womit er an dieser vorbeikam?

Gedanklich ging er durch, was er herausgefunden hatte, was er konnte.

Er konnte anscheinend Trugbilder in den Köpfen anderer schaffen, schließlich hatte er das mit einem der Fremden getan. Zweimal.

Er konnte sich unsichtbar machen, was er im Moment auch immer noch war.

Und er konnte sich an einen Ort zurückziehen, der wohl außerhalb von der Welt lag, in der er sich gerade befand. Was davon sollte ihm bitte nutzen, um aus diesem Gefängnis herauszukommen?

Vielleicht könnte ich mich an diesen seltsamen Ruheort zurückziehen und wenn ich von dort zurückkehre, bestimmen, wo ich danach lande, kam es ihm in den Sinn. Er hatte das bisher nicht probiert, aber es klang nach etwas, dass vielleicht funktionieren könnte. Seine innere

Stimme jedenfalls schien überzeugt zu sein, dass es klappen würde.

Er schloss also erneut kurz die Augen und beförderte sich an seinen Ruheort, jedenfalls nannte er ihn nun so, ehe er dort versuchte sich ein Zielpunkt zu denken, an dem er in die andere Welt zurückkehren wollte. Er dachte an den Mann, der geweint hatte und den er deshalb nicht hatte angreifen wollen und er entschied sich, dass dieser ein guter Zielpunkt wäre. Er war sich nur nicht sicher, ob es funktionieren würde. Dennoch schloss er wieder die Augen und verließ den Ruheort.

„Wir sollten uns langsam beeilen. Ich will nicht unterwegs vom Sonnenaufgang überrascht werden", hörte er die Stimme des Fremden, der geweint hatte und in dessen Miene immer noch Trauer hing, während er die Kiste trug, die sie mit den Resten gefüllt hatten.

Der Vampir war tatsächlich neben ihm gelandet.

Sein Versuch hatte also funktioniert und er hatte eine weitere Erkenntnis über seine Fähigkeiten. Er hoffte nur, dass es weiterhin keinem auffallen würde, dass er geflohen war.

„Und du willst ihr das wirklich jetzt noch übergeben?", erwiderte der andere besorgt und erhielt ein Nicken zur

Antwort, während dem Träger wieder Tränen kamen. Warum weinte dieser Mann schon wieder? War der Tote etwa jemand, der ihm nahe gestanden hatte? Und wem wollten sie die Reste bitte bringen?

„Sie hat ein Recht, zu erfahren, was mit ihm passiert ist. Sie ist schließlich seine Frau", bestätigte der Angesprochene und schüttelte den Kopf, „Sie war seine Frau. Und sie soll auch entscheiden, wo sie ihn begraben will."

Es ging also um die Partnerin des Toten. Die Arme war vermutlich jetzt wohl Witwe und dem Vampir tat es ein wenig um diese Fremde leid, die er nicht kannte, konnte er sich doch vorstellen, wie sie reagieren würde.

„Er scheint aber immerhin jetzt seine Ruhe gefunden zu haben", meinte wieder der andere und ging an den Kistenträger vorbei, „Lass uns zu ihr zurückkehren."

Wieder folgte ein Nicken, ehe auf dem Rücken der beiden dunkle Flügel erschienen. Überrascht und ein wenig erschrocken wich der Vampir vor ihnen zurück. Er hatte nicht geahnt, dass die beiden solche besaßen, aber er wusste ja auch nicht viel über sie. Außer vielleicht, dass sie ihn kannten und dass sie um irgendwen trauerten.

Er überlegte.

Wenn sie solche hatten, dann hatte er vielleicht auch welche. Vielleicht konnte er ja auch fliegen, so wie diese Fremden, die sich nun in den sternenklaren Himmel erhoben.

Er schloss die Augen und stellte sich vor, er würde Flügel haben, irgendwo tief in sich drin, die er eigentlich nur rufen müsste. Leider hatte er damit keinen Erfolg und ihn beschlich sogar das Gefühl, dass er auch nie damit erfolgreich werden würde. Er startete allerdings keinen erneuten Versuch, denn er sah, dass die beiden aus seiner Sicht zu verschwinden drohten, wenn er ihnen nicht bald folgte.

Er lief ihnen also am Boden hinterher, so schnell wie er konnte, um sie nicht zu verlieren. Sie kannten schließlich die Antworten, auf die Fragen, die er hatte. Wer war er? Woher kannten sie ihn? Wer war der Tote, um den sie trauerten? Wieso war er in diesem Gefängnis gewesen? So viele Fragen und nur sie konnten ihm antworten. Mussten ihm antworten. Er durfte sie deshalb einfach nicht verlieren.

Um den Abstand wieder einzuholen, betrat der Vampir sogar ein paarmal seinen Ruheort, womit er jedes Mal wieder ein Stück näher an sie herankam. Aber er schaffte es nicht, sie einzuholen, weil sie einfach zu schnell waren für ihn, der ja nur zu Fuß folgen konnte und dem das ständige Teleportieren langsam ermüdete. Warum nahmen sie ihn nicht mit?

„Wartet auf mich!", rief er ihnen verzweifelt nach, obwohl er nicht einmal wusste, ob sie ihn dort, wo sie waren, hören würden. Sie stoppten aber nicht, weshalb er sich zum Weiterlaufen zwang. Er durfte sie nicht verlieren. Er wusste nämlich nicht, ob er sie wiederfinden würde. Ob er sich noch zu ihnen teleportieren könnte, wenn sie zu weit weg waren.

„Bitte wartet endlich auf mich!", flehte er ihnen erneut hinterher, als sie wieder aus seiner Sicht zu verschwinden drohten. Dieses Mal meinte er, eine Reaktion zu erkennen bei ihnen.

Jedenfalls stoppte der mit der Kiste plötzlich und sah sich um, ehe er seinem Begleiter irgendetwas sagte und landete. Der andere schüttelte den Kopf und tat es ihm gleich, während der Vampir endlich die Chance bekam sie einzuholen.

„Das war nur der Wind, Milan", meinte der Zweite, „Wir sollten weiter. Du hast doch selbst gesagt, dass wir nicht von der Sonne überrascht werden wollen."

Der Angesprochene nickte und stellte die Kiste vor sich auf den Boden, ehe er sie öffnete und den Inhalt betrachtete. Und wieder bekam er Tränen.

„Wer ist das?", fragte der Vampir ihn direkt und der weinende Mann zuckte erschrocken zusammen, „Um wen trauert ihr? Kannte ich ihn etwa? Was ist mit ihm passiert?"

Panisch sah sich der Weinende um und der andere runzelte verwundert die Stirn, ehe er seine Hand besorgt auf die Schulter des Ersteren legte.

„Was hast du?", fragte er und der mit der Kiste wandte sich wieder um.

„Ich dachte, ich hätte ihn gerade noch einmal gehört", erwiderte er ihm, „Er hat Fragen gestellt."

Sein Begleiter schüttelte den Kopf.

„Das hast du dir nur eingebildet. Er wird schon weitergegangen sein. Dass wir ihn vorhin gesehen haben, war wohl möglich nicht einmal er, sondern irgendetwas anderes", erklärte er und der Trauernde holte den Schädelknochen hervor.

Nachdenklich betrachtete er die vier mit Blut geschriebenen Zeichen auf diesem, die nun auch der Vampir genauer studierte. Er konnte sie sogar lesen und was dort stand, klang dem Namen gleich, mit welchem sie ihn angesprochen hatten.

Das war sein Name, den sie dort auf den Schädel geschrieben hatten. Aber warum hatten diese Fremden das getan? Und war es denn wirklich sein Name? Ihm war er zwar vertraut, aber was, wenn er sich irrte? Vielleicht hieß der Tote so? Er war schließlich nicht tot. Wenn er es nämlich war, könnte er ihnen nicht folgen und auch nicht mit ihnen reden. Er wäre dann einfach nicht mehr da.

„Ist dies wirklich mein Name?", wollte der Vampir daher wissen und sah, wie der Weinende erschrocken den Schädel zu Boden fallen ließ, ehe er sich erneut panisch umblickte.

Dieses Mal jedoch merkte der Vampir, dass er immer noch unsichtbar war und änderte dies, in dem er vor ihnen auftauchte. Er wollte, dass sie wussten, dass er wirklich da war und mit ihnen sprach.

Die Hand des Zweiten ging zu dem Schwert, welches an seiner Seite hing, ehe er sich schützend zwischen dem Vampir und dem anderen stellte, welcher den Schädel eilig aufhob und wieder in die Kiste legte.

Etwas wunderte es den Vampir, dass ihm vorher gar nicht aufgefallen war, dass dieser Mann bewaffnet war.

„Was willst du?", schimpfte der mit dem Schwert und der Vampir hob seine Hände, um ihm zu verdeutlichen, dass er sie dieses Mal nicht angreifen würde.

„Ich will wissen, ob dieser Name, der auf dem Schädel steht, ob dieser wirklich meiner ist. Ich weiß es nämlich nicht mehr. Ich weiß nicht, wer ich bin.

Im Moment weiß ich gar nichts wirklich über mich und ich dachte, dass ihr mir vielleicht meine Fragen beantworten könntet, da ihr mich ja so genannt habt", erklärte er ihnen und merkte, wie ihn beide entsetzt anstarrten. Hatte er etwas Falsches gesagt?

Er hatte ihnen doch nur mitteilen wollen, was in ihm vorging und erhoffte sich von ihnen, dass sie ihm helfen würden. Warum also reagierten sie so? Waren sie etwa doch nicht seine Freunde?

„Ja", erwiderte ihm schließlich der mit dem Schwert, „Das war dein Name, bevor du gestorben bist. Und dieser Schädel ist deiner, den wir an einen sicheren Ort bringen, um ihn zu begraben, damit du deine Ruhe finden kannst."

Er starrte beide irritiert an, ehe er den Kopf schüttelte. Nein, er war nicht tot. Er durfte nicht tot sein. Er konnte es einfach nicht sein. Das war ein Irrtum. Er wäre doch gar nicht mehr hier, wenn es so wäre. Etwas in ihm glaubte zumindest daran, dass er dann nicht mehr mit ihnen reden könnte. Dass er weg wäre.

„Ich bin nicht tot", widersprach er ihm also, „Ich bin doch noch hier. Und ich fühle mich auch nicht so, als wäre ich gestorben. Ich bin nur etwas müde, weil ich euch hinterher geeilt bin. Das muss also ein Irrtum sein. Vielleicht verwechselt ihr mich."

Der Mann mit der Kiste schüttelte den Kopf und schloss deren Deckel, bevor er seinen traurigen Blick in seine Richtung wandte. Etwas Vertrautes lag in seinen Augen.

„Ich habe dich nur einmal nicht direkt erkannt und das auch nur, weil ich dich davor zuletzt als kleinen Jungen sah. Das ist mir seitdem nicht wieder passiert. Nicht einmal, nachdem du Jahre von hier fort gewesen bist. Also nein, wir verwechseln dich definitiv nicht, mein Sohn", sagte dieser dann und der Vampir machte einen Schritt zurück, „Und ja, du bist eindeutig gestorben, aber warum du jetzt noch hier bist, weiß ich auch nicht."

Der Vampir schüttelte vehement den Kopf.

Nein, er war nicht tot und der Mann dort war auch nicht sein Vater. Das konnte einfach nicht so sein.

Doch was wusste er überhaupt im Moment von sich? Vielleicht hatte dieser Fremde recht. Vielleicht war er wirklich tot. Aber was hieß dies für ihn nun?

„Scheiße!", fluchte der Vampir und versuchte irgendwie zu verkraften, was er gerade erfahren hatte. Ihm kamen tatsächlich ebenfalls Tränen und er sah zu Boden, während sie ihm über die Wangen liefen. Vorsichtig trat der mit dem Schwert näher an ihn heran und legte ihm tröstend eine Hand auf die Schulter.

„Vielleicht wird es dir besser gehen, wenn wir deine Überreste begraben haben", meinte er, „Vielleicht kannst du dann deine Ruhe finden."

Der Vampir hob traurig den Kopf und vor seinen Augen tauchten plötzlich Bilder auf, die er nicht verstand, die aber irgendwie mit dem Fremden zu tun hatten, der ihn gerade angefasst hatte. Es irritierte ihn und stoppte erst, als der andere seine Hand wegnahm.

Der Vampir blinzelte ein paar Mal, um festzustellen, ob sie auch wirklich weg waren.

Sie waren weg, aber er konnte sich an ein paar Dinge erinnern, die er gesehen hatte. Zum Beispiel hatte er den Fremden mit einer Frau und einem Kind gesehen, doch er konnte das einfach nicht einordnen.

Waren es Erinnerungen von ihm? Wenn ja, warum hatte er diese gesehen? War das etwa noch eine Fähigkeit, die er hatte?

Neugierig geworden griff der Vampir nach dem Arm des Fremden, der ihn verwundert ansah, während in seinem Kopf die Bilder zurückkehrten.

Der Mann, der behauptet hatte sein Vater zu sein, tauchte in diesen auch auf und anscheinend hatten die beiden sich am Anfang nicht gemocht. Vielleicht war dieser Fremde also böse? Dann sollte er ihn vielleicht aufhalten? Weitere Bilder, nein Erinnerungen von dem Fremden tauchten im Kopf des Vampirs auf und er musste sich korrigieren. Der Mann war nicht böse. Er hatte seinem Vater geholfen. Oder zumindest dem anderen. Sicher, ob er wirklich mit ihm verwandt war, war er sich nämlich noch nicht.

Der Fremde riss den Arm weg und unterbrach die Bilder, doch der Vampir war sich sicher, dass er eine weitere Fähigkeit besaß.

Er konnte die Erinnerungen seines Gegenübers sehen, wenn er ihn berührte. Allerdings hatte er das jetzt erst herausgefunden und er verstand nicht, warum er das nicht vorhin schon gekonnt hatte und auch nicht, was er damit anfangen sollte.

„Was soll das?", schimpfte der, bei dem er es ausprobiert

hatte, und wich vor ihm zurück, ehe er sein Schwert schützend vor sich hielt, als erwarte er einen Angriff von dem Vampir, der aber seinerseits nur wieder die Hände hob.

„Ich habe etwas gesehen, als du mich berührt hast und auch, als ich dich angefasst habe", sagte er ihm und erhielt einen skeptischen Blick, „Ich glaube es waren Erinnerungen von dir, aber ich bin mir nicht sicher. Ich sah euch kämpfen und wie du ihn versorgt hast, als er verletzt war. Und ich sah auch eine Frau und einen Jungen, der dir ähnlich war. Ich vermute, dass die zu deiner Familie gehören, aber sicher weiß ich es nicht."

Der Fremde ließ das Schwert sinken und runzelte die Stirn.

„Das war auch so und ja, ich habe eine Frau und einen Sohn, die du auch gekannt hast", stimmte er ihm zu und sah ihn fragend an, „Ich dachte, du hast alles vergessen?"

Das hatte der Vampir auch. Er hatte es nur gerade gesehen, als er ihn berührt hatte. Daher nickte er also.

„Ich habe es aber gerade gesehen, als ich nach dir griff. Da kamen diese Bilder direkt in meinen Kopf", erklärte er ihm und der Fremde warf einen Blick zu dem Zweiten, der nun näher an sie herantrat, „Ich wollte dir dabei nicht wehtun. Also dieses Mal nicht. Du scheinst ja nicht mein Feind zu sein und es tut mir auch leid, dass ich dich vorhin in meiner Wut angegriffen habe. Ich versuche im Moment noch irgendwie zu verstehen, wer ich bin und was mit mir passiert ist."

„Wenn du diese Fähigkeit besitzt, Erinnerungen von anderen zu sehen, dann könnte ich dir so meine zeigen, damit du wieder weißt, wer du bist und was passiert ist. Schließlich warst du mein Sohn", hörte er den anderen sagen, ehe dieser ungefragt nach seiner Hand griff.

Erneut sah der Vampir Bilder vor seinen Augen, die ihn wieder nur verwirrten.

Da war eine Frau mit einem kleinen Jungen, wie bei dem Fremden, doch etwas fühlte sich an diesen vertraut an. Sein Name tauchte auf. Er nannte den Jungen bei dem Namen. Hieß das, dass er der Junge gewesen war? Konnte er sich vorstellen, dass es so gewesen war?

Dieses Mal schüttelte er den Kopf und zwang sich, die Bilderflut zu beenden, was ihm sogar gelang, ehe er sich von dem Mann losriss und abwandte.

Das war einfach zu viel gewesen. Sich selbst zu sehen, wenn auch als Kind, schmerzte ihn und bei dem Anblick der Frau, seiner Mutter, kamen ihm die Tränen, auch wenn er nicht wusste wieso.

„Ich wollte dich damit jetzt nicht überfordern oder verletzen", versuchte sein Vater ihn zu trösten und er drehte seinen Kopf, „Ich dachte, da ich Erinnerungen an dich habe, dass du wieder wüsstest, wer du warst, wenn ich sie dich sehen lasse.

Aber vielleicht wäre es besser, wenn ich dir erst einmal nur davon erzähle und du sie dir ansiehst, wenn du bereit dazu bist. Oder gar nicht."

Der Vampir überlegte, ehe er nickte.

Er wollte nicht alle Erinnerungen seines Vaters sehen. Er musste sie auch nicht alle wissen. Wenn er nur die wichtigsten Dinge über sich wüsste, dann wäre ihm schon geholfen. Wenn er nur wieder wüsste, wer er war.

„Gut. Dann will ich dir ein bisschen was von dir erzählen", begann sein Vater, „Dein vollständiger Name lautet Kuro Antari und du wurdest am 31. Oktober 1976 als Mensch geboren. Du bist der erstgeborene Sohn von mir, Milan Antari, und meiner Frau, Julia Antari.

Als ich verwandelt wurde in einen Vampir, warst du acht und weil ich euch ab dann nicht mehr beschützen konnte, habe ich deiner Mutter geraten, mit dir zu fliehen und dich zu verstecken, damit die, die hinter dem

Geheimnis meiner Verwandlung her waren, euch nicht finden würden.

Während eurer Flucht wurde auch dein kleiner Bruder, Shiro Antari, geboren. Ich kenne ein paar Details aus der Zeit, in der ihr geflohen seid, weil du und Shiro mir davon erzählt habt, aber ich will dir das erst einmal ersparen. Was du allerdings wissen solltest, ist, dass die Vampire dich letztendlich gefunden haben und dich verwandelt haben."

Sein Vater stoppte und der Vampir versuchte zu verstehen, was er da gerade gehört hatte. Es waren viele Informationen und sie verwirrten ihn. Langsam fing er an, sie zu verarbeiten.

Er kannte jetzt seinen vollen Namen und wusste, wann er geboren wurde. Die Namen seiner Eltern hatte er sich nicht direkt gemerkt, dafür aber, dass er einen kleinen Bruder hatte und auch, dass er wohl ein Vampir gewesen war, vor seinem Tod.

„Und die Kiste?", erhob er schließlich das Wort, als er wieder welche fand, und zeigte auf eben diese, „Ihr wollt sie doch zu jemanden bringen, der mich kennt. Und ich habe vorhin gehört, dass ihr davon spracht, dass ich der Mann von dieser Person gewesen sei. Hatte ich eine

Frau?"

Er sah sie fragend an und beide nickten bestätigend.

„Ja hattest du und du hattest mit ihr auch Kinder", erwiderte ihm der Fremde und jetzt war er gänzlich verwirrt.

Eine Familie. Er hatte eine Familie, die er auch vergessen hatte. Wie konnte er die nur vergessen? Und wie würden sie reagieren, wenn sie wüssten, dass er anscheinend gestorben war?

Er wollte sich gar nicht ausmalen, wie sie reagieren würden und sah traurig zur Seite. Tränen kamen ihm bei dem Gedanken daran. Er würde ihre Herzen brechen. Aber vielleicht bekämen ja zumindest seine Kinder nicht so viel mit, wenn sie denn noch sehr klein waren. Und wenn sie bereits erwachsen waren, vielleicht würden sie einander und ihre Mutter dann trösten können.

Er schüttelte sich.

Nein, er wollte nicht, dass sie erfuhren, dass er tot war. Er selbst versuchte das ja auch noch zu verdrängen.

„Ich nehme an, dass du dich an sie auch nicht erinnerst?", fragte der Fremde und der Vampir nickte, „Du hast sie in Terra kennengelernt, deine Frau, und sie dort vor vielen Jahren auch geheiratet. Außerdem wurden dort auch eure

Zwillingssöhne, Jonathan und Robin Antari, geboren, ebenso wie eure Tochter, Annika Antari, die du über alles geliebt hast, soweit ich mich erinnere."

Die Namen klangen vertraut, aber ganz konnte der Vampir damit nichts anfangen und er hatte auch keine Bilder im Kopf dazu. Und er verstand auch nicht, was Terra war. War dies eine Stadt? Ein Land? War es überhaupt irgendwie wichtig?

„Und da du bereits verwandelt warst, als ihr euch kennengelernt habt, haben deine Kinder das auch von dir geerbt", ergänzte sein Vater und er sah ihn fragend an, „Sie sind also Halbvampire deshalb. Deine Kinder sind Halbvampire."

Der Vampir wusste plötzlich, dass ihm das schon bekannt war, doch nicht, ob das gut oder schlecht war. Doch etwas in ihm schien damit nicht zufrieden zu sein. Mochte er etwa nicht, dass seine Kinder so wie er waren? Oder zumindest halb so? Was störte ihn daran?

„Wir sollten unseren Weg langsam fortsetzen. Die Nacht ist schließlich kurz", meinte der Fremde, „Und vielleicht wäre es besser, wenn du versucht zu verschwinden, Kuro. Du solltest versuchen weiterzuziehen, während wir deine Überreste zu ihr bringen und dich begraben. Bitte zeig dich ihnen einfach nicht. Tu ihr und dir dies nicht an. Es wird dich verletzen und sie vermutlich auch. Es wird schon hart für sie zu erfahren, dass du verstorben bist. Versuche bitte, deinen Frieden zu finden."

Er wollte sich ihr aber zeigen. Er wollte seine Frau sehen und ihr zeigen, dass er immer noch da war. Dass er immer noch für sie da war, auch wenn er sie vergessen hatte. Und er hatte auch irgendwie das Gefühl, dass er noch nicht weiterziehen konnte, so wie es ihm der andere angeraten hatte.

„Nathaneal hat recht", stimmte sein Vater dem Fremden dennoch zu, „Lass sie dich erst einmal begraben, bevor du ihnen erscheinst, wenn du es unbedingt willst.

Aber besser wäre es ohnehin, wenn du deine Ruhe findest könntest. Ich würde mir für dich wünschen, dass du endlich deinen Frieden finden würdest."

Der Vampir nickte stumm und machte sich erneut unsichtbar, ehe er den beiden folgte, die ihren Weg durch die Nacht nun zu Fuß und ohne Flügel fortsetzten. Er dachte darüber nach, was sie ihm geraten hatten. Weiterziehen. Ruhe finden. Das klang nach etwas, was von ihm wohl erwartet wurde, jetzt wo er verstorben war. Aber er wusste gar nicht, wie er dies anstellen sollte und seine innere Stimme wehrte sich gegen den Gedanken, es zu versuchen. Fast schon als wüsste sie, dass er noch nicht weiter durfte. Als hätte er noch etwas zu erledigen.

Es dämmerte bereits, als sie ein kleines Dorf erreichten, welches unbewohnt wirkte. Lediglich aus einem etwas erhöht stehenden Haus stieg Rauch aus dem Schornstein empor und der Vampir stoppte, um eben dieses zu betrachten.

Es war ihm vertraut. War er hier schon einmal? Vermutlich, denn anscheinend wohnte ja seine Familie hier. Mit der er wohl auch zusammen gelebt hatte.

Er versuchte sich daran zu erinnern, wie es gewesen war, doch das wenige, was ihm einfiel, brachte ihm so gut wie gar nichts. Nur die Erkenntnis, dass er eben dort gewohnt hatte.

Die beiden anderen gingen unbeirrt zu dem Haus und er eilte ihnen wieder hinterher, weil er sie ohne sich hatte weiterziehen lassen.

„Was willst du ihr eigentlich sagen?", fragte der andere seinen Vater, „Wie willst du ihr erklären, dass ihr Mann tot ist?"

Der Angesprochene stoppte.

„Ich weiß es nicht. Im Moment mache ich mir noch

Vorwürfe, dass ich ihm nicht geholfen habe. Er hat mich ja sogar angefleht, ihn zu retten und ich habe ihn weggestoßen", erwiderte er ihm und weinte erneut, „Ich habe ihn im Stich gelassen, so wie damals, als er acht war. Und dass sein Geist noch einmal aufgetaucht ist und uns sogar angegriffen hat ... Ich denke, ich habe als sein Vater einfach versagt."

Daran erinnerte sich der Vampir nicht und er wusste auch nicht, wie er darauf reagieren sollte. Warum hatte dieser Mann ihn weggestoßen, als er, sein Sohn, in Not war? Sein Vater setzte seinen Weg zum Haus fort und der andere lief ihm hinterher. Auch der Vampir folgte ihnen weiter, weil er ihrem Gespräch weiter lauschen wollte.

„Hast du nicht", widersprach er ihm, „Ich habe dir schon einmal gesagt, dass du keine andere Wahl gehabt hast. Wolltest du dich etwa mit den Wachen dort anlegen? Selbst ich würde so etwas nicht tun. Was denkst du, warum ich ihn nicht befreit habe?"

Sollte dies heißen, dass sie ihn hätten vor seinem Tod bewahren können? Jedenfalls klang es so, als hätten sie es versuchen können. Es enttäuschte ihn, dass sie dies nicht getan hatten für ihn. Vielleicht könnte er noch leben, wenn sie ihn gerettet hätten.

Er wusste ja nicht einmal genau, was passiert war und auch immer noch nicht, wie er gestorben war, doch er würde es wohl erfahren, wenn er ihnen weiter folgte, daher eilte er ihnen hinterher.

Zögerlich klopfte der Fremde an die Tür und ein leises Poltern erklang von drinnen, ehe das Licht eingeschaltet und die Tür geöffnet wurde von einem kleinen Jungen mit Brille.

Der Vampir betrachtete den Knaben und konnte ihm sogar einen Namen zuordnen. Das war Robin, einer seiner Söhne. Er konnte sich also doch an sie erinnern. Jedenfalls jetzt, wo er ihn vor sich sah. Er unterdrückte allerdings den Impuls, sich ihm zu zeigen und wartete darauf, was die anderen beiden taten.

„Robin, hol bitte deine Mutter", bat der Fremde den Jungen und dieser nickte, ehe er ins Haus zurückeilte und schließlich mit einer recht jungen Frau zurückkehrte, die müde wirkte. Und der Vampir erkannte ihr Gesicht sofort.

„Scheiße!", entfuhr es dem Vampir und wieder kamen ihm Tränen. Das war sie. Seine Frau. Seine Geliebte. Sein Ein und Alles. Erinnerungen an sie und die Zeit mit ihr kehrten zurück, wenn gleich es noch nicht alle waren.

Er biss sich auf die Lippe und unterdrückte den Impuls,

sich sichtbar zu machen. Er wollte sich ihr zeigen, aber er war sich nicht sicher, ob das gut wäre. Er wollte sie nicht verletzen.

Ihr Blick ging zu der Holzkiste, die sein Vater trug. „Bitte sag mir, dass darin nicht das ist, was ich denke", flehte sie dann und erhielt ein Nicken zur Antwort, was sie wiederum mit den Tränen kämpfen ließ, ehe sie sich an den Jungen neben ihr wandte, „Geh bitte in dein Zimmer, Robin."

Er sah sie kurz verwundert an, nickte dann aber doch brav und lief zurück ins Haus. Kaum dass er weg war, sank sie in die Knie und begann nun doch zu weinen. Und der Vampir fühlte sich schlecht deshalb.

„Ich dachte, ihr wolltet ihn beschützen?", entfuhr es ihr und sie sah die beiden Männer vorwurfsvoll an, „Was haben die mit ihm gemacht? Was haben diese Monster mit meinem Mann gemacht?"

Der Fremde hockte sich vor ihr hin und legte ihr eine Hand tröstend auf die Schulter. Immer noch unterdrückte der Vampir den Impuls sich ihr zu zeigen, dabei wollte er es jetzt um so mehr. Er wollte sie in den Arm nehmen und trösten. Er wollte für sie da sein.

„Nachdem sie ihn eingefangen hatten, haben sie mehrere

Nächte darüber verhandelt, wie sie ihn verurteilen würden. Wir waren mit dabei und ich habe unserem König sogar versucht zu erklären, warum dein Mann diese Taten begangen hat.

Ich habe ihm sogar den Vorschlag gemacht, euch zurück nach Terra, fern ab von jeden Vampiren zu bringen, aber das wurde abgelehnt.

Sie wollten, dass er stirbt, um als Beispiel dafür zu dienen, was allen blüht, die ihm nacheifern. Und gestern Morgen haben sie ihn dann durch Sonnenlicht sterben lassen.

Ich versprach dir, dass ich ihn schützen würde, ja, aber ich denke, ich habe versagt", erklärte er ihr und der andere gab ihr die Kiste, welche sie sogleich öffnete.

Sie weinte erneut, als sie den Inhalt sah und ein paar Tränen fielen auf die Asche und den Schädel, der dort drin war, welche wiederum ein wenig von den blutigen Buchstaben verwischte.

Nachdenklich betrachtete sie diese und der Vampir hielt es einfach nicht mehr aus, sich ihr nicht zu zeigen. Er wollte, dass sie wusste, dass er nicht fort war. Dass er immer noch da war für sie.

Sie runzelte die Stirn und sah seinen Vater an.

„Warum habt ihr seinen Namen ... ?", begann sie und

erschrak, als der Vampir sich hinter seinem Vater sichtbar machte. Ihr Blick verriet plötzliche Panik und er bereute es sofort, dies überhaupt getan zu haben. Dabei wollte er sie doch nur trösten. Irgendwie zumindest.

„Ich bin noch hier", versuchte er ihr ruhig zu erklären und die beiden anderen drehten sich auch zu ihm um, „Ich bin nicht tot, Liebste. Ich bin nicht ... Ich ..."

Er wusste, dass dies gelogen war. Er war nur noch ein Geist. Und vermutlich brach er ihr das Herz damit, dass er sich ihr zeigte. Warum versuchte er es überhaupt? Er wusste doch kaum noch etwas von dem, was sie hatten. Er wusste nur noch, dass er tiefe Gefühle für sie hatte. Dass er sie liebte. Immer noch.

„Aber wie ... ?", stammelte sie und wich zurück. Sie hatte Angst vor ihm und es schmerzte ihn, dass es so war. Doch hatte er denn eine andere Reaktion erwartet? Immerhin hatte ihr doch der andere gerade gesagt, dass er tot sei und es war doch auch sein Schädel, den sie gesehen hatte. Was hatte der Vampir eigentlich erwartet?

„Eigentlich war das etwas, was wir dir schonender beibringen wollten", sagte ihr der Fremde und warf dem Vampir einen verärgerten Blick zu, „Er ist nämlich noch nicht weitergegangen. Warum auch immer. Und er wusste bis vor kurzem nicht einmal mehr von dir."

Es gefiel ihm nicht, dass er ihr das mitteilte. Er wollte nicht, dass seine Frau wusste, dass er sie vergessen hatte, obwohl es definitiv so war. Ihm fehlten die Erinnerungen an die Zeit mit ihr, ebenso wie der Rest seines Lebens. Der Gedanke daran, trieb ihm erneut die Tränen in die Augen und er drehte sich weg von ihr, damit sie es nicht sah. Vielleicht sollte er doch lieber verschwinden.

„Stimmt das?", vernahm er ihre Stimme, „Hast du mich wirklich vergessen, Liebster?"

Ihre Worte klangen vorwurfsvoll und er fühlte sich schlecht deshalb. Es war ein Fehler gewesen, sich ihr zu zeigen. Er hätte warten sollen. Sie beobachten sollen, um sich zu erinnern. Sofern ihm das denn dadurch gelungen wäre.

„Ja", gestand er ihr und drehte seinen Kopf wieder zur ihr um, „Ich habe alles vergessen über mich. Über das, was ich hatte. Und es ist bisher auch noch nicht so viel, was ich jetzt wieder weiß.

Doch als ich dich sah, habe ich wieder die Liebe für dich empfunden, die ich wohl auch zu Lebzeiten gespürt hatte. Und dich weinen zu sehen, hat in mir den Wunsch geweckt, mich dir zu zeigen. Ich wollte dich trösten, aber ich denke, das war nicht gut, da ich wohl auch nicht dauerhaft bleiben werde.

Das glaube ich zumindest, denn irgendwie ist es ja schon seltsam, dass ich überhaupt noch da bin. Vielleicht bin ich auch nur noch hier, damit ich dir Lebewohl sagen kann und um dir zu sagen, dass es mir leidtut, dich nun mit den Kindern alleine lassen zu müssen."

Sie erhob sich langsam und kam mit der Kiste auf ihn und seinen Vater zu, ehe sie Letzterem das Getragene in die Hand drückte.

„Geht ihr zwei bitte ins Haus. Die Sonne geht langsam auf", wies sie den Fremden an, welcher nickte und sie fragend ansah, „Ich will mich von meinem Mann verabschieden, damit er endlich weiterziehen kann."

Der Angesprochene zögerte und warf einen besorgten Blick zu dem Vampir. Machte er sich um ihn oder um sie Sorgen? Vermutlich mehr um die Frau. Warum sollte er sich um den Vampir sorgen? Er war doch schon tot. Hatte er Angst, er würde dieser Frau etwas tun? Wieso sollte er? Sie war doch schließlich ein Mensch.

Der Gedanke daran ließ den Vampir innehalten. Warum war es für ihn wichtig, dass sie ein Mensch war? Würde es ihn stören, wenn sie das nicht wäre? Wenn sie wie sein

Vater oder der Fremde wäre? Nein, die Vorstellung, dass es so sein könnte, gefiel ihm nicht und schürte in ihm wieder die Wut, die er nach seinem Erwachen gehabt hatte.

„Es wird schon gehen. Mach dir keine Sorgen", flüsterte sie seinem Vater zu, der nun endlich ging und sie alleine mit ihm zurückließ. Er war sich nicht sicher, was sie vorhatte und wich vor ihr zurück, als sie noch näher an ihn herantrat.

Sie wischte ihre Tränen weg und sah ihn an, was er ihr erwiderte. Irgendwie hatte er das Gefühl etwas sagen zu müssen, aber er wusste nicht was. Sollte er ihr sagen, dass er sie liebte? Er hatte ja zumindest das Gefühl, dass es so war. Er wünschte sich, dass er mehr wüsste. Dass er mehr über sie und ihn wüsste. Er wollte diese Erinnerungen wieder. Er wollte alle Erinnerungen an sie zurück.

„Seit du fliehen musstest, habe ich jeden Abend gehofft, dass du am Morgen zu mir zurückkehren würdest. Und seit ich wusste, dass sie dich gefangen hatten, habe ich darum gefleht, dass sie dir vergeben würden. Dass du noch eine Chance bekommen würdest und du dich wirklich ändern würdest", erklärte sie ihm und er begann sich schuldig zu fühlen, auch wenn er gar nicht wusste

wofür, „Ich habe dich einfach so schrecklich vermisst."
Sie schlang ihre Arme um ihn und umarmte ihn, was ihn direkt irritierte und für eine neue Bilderflut in seinem Kopf sorgte. Er erwiderte ihr die Umarmung und versuchte aus den Erinnerungen von ihr Informationen über sie beide, ihre Beziehung und ihre Familie zu bekommen. Es fühlte sich so vertraut an, als er sich mit ihr sah und auch die Kinder, die dort aufzutauchen schienen, seine Kinder, sie waren ihm vertraut und er unterdrückte seine Tränen, weil er sie verloren hatte. Weil er tot war.

Er ließ sie los und wollte sich wegdrehen, doch sie griff nach seinen Händen und er war verwundert, als sie sich plötzlich streckte und seine Wange küsste. Sie war warm und roch gut.

„Danke, dass du noch einmal zu mir zurückgekommen bist", flüsterte sie und lehnte ihren Kopf an seine Brust, „Es ist fast schon so, als seist du lebendig. Und ich bekomme die letzte Chance, dir zu sagen, dass ich dich liebe."

Wieder kamen ihm Tränen. Sie ließ seine Hände los und er hatte das Bedürfnis, sie wieder zu umarmen. Sie festzuhalten, damit sie bei ihm blieb. Oder damit er bei ihr bleiben konnte. Er war sich nicht einmal sicher, ob das funktionieren würde.

Dafür erinnerte er sich aber langsam genug an die Zeit mit ihr, damit er sich zusammen reimen konnte, was passiert war. Jedenfalls ein wenig.

Er war mit ihr von einem fremden Ort hierhergekommen, mit ihren Kindern, und hatte wohl für Männer gearbeitet, die so wie er waren. Aber irgendetwas musste er falsch gemacht haben, denn sie waren irgendwann unzufrieden mit ihm, so sehr, dass sie ihm sogar jemanden an die Seite stellten, der ihn beaufsichtigen sollte. Gebracht hatte das wohl nichts, denn anscheinend war dieser Mann letztendlich gestorben. Durch den Vampir.

Außerdem sah er in ihren Erinnerungen ganz oft seinen Vater und den Fremden, aber auch dessen Frau, die wohl seiner bei der Erziehung der Kinder geholfen hatte. Und ihr gesagt hatte, dass er geflohen sei, nachdem er seinen Aufpasser getötet hatte. Er hatte die beiden Frauen gesehen, wie sie die Leiche aus dem Haus geschafft hatten und in die Sonne gelegt hatten, damit die Spuren verschwanden von dieser. Sie hatten das getan, um dem Vampir zu helfen. Aber letztendlich hatte es ihm doch nicht geholfen.

„Es tut mir so leid", murmelte er und vergrub sein Gesicht in ihren Haaren, so wie er das zu Lebzeiten oft gemacht hatte. Er wollte, er könnte rückgängig machen, was geschehen war.

Sie verharrten in ihrer Position für eine Weile. Lange genug, dass die Sonne aufging und ihn wärmte. Etwas in ihm riet ihm, dass er sich zurückziehen sollte ins Dunkel. Und in seinen Gedanken tauchten Erinnerungen an Verbrennungsschmerzen auf, die er durch das Tageslicht erhalten hatte, aber da er unversehrt im Moment war und blieb, wusste er nicht, was ihm sein Kopf da einreden wollte.

Sie war es, die schließlich ihre Umarmung unterbrach, in dem sie ihn leicht von sich stieß und sofort ließ er sie los, ehe er sie fragend ansah.

„Ich muss zu unseren Kindern und ihnen beibringen, dass du ...", begann sie und er unterbrach sie, in dem er sie küsste.

Er wollte nicht, dass sie aussprach, dass er tot war. Er wollte das einfach nicht sein. Er wollte nicht weiterziehen, sondern bei ihr bleiben. Für immer.

Leider hielt ihr Kuss auch nicht ewig und sie drehte ihren Kopf weg.

„Ich muss wirklich zu ihnen, Liebster. Robin wird sich schon fragen, was los ist und er wird den anderen beiden sicherlich schon erzählt haben, dass irgendetwas nicht stimmt. Er ist ein schlauer Junge und kann sich vielleicht schon denken, was es mit der Kiste auf sich hatte, die dein Vater und Nathaneal gebracht haben. Ich muss ihnen einfach jetzt die Wahrheit sagen, auch wenn für sie eine Welt zusammenbrechen wird", fuhr sie fort und der Gedanke daran schmerzte ihn, „Wir werden dich später hier in der Nähe begraben, damit du deine Ruhe finden kannst.

Zeig dich ihnen bitte nicht! Sie sind zu klein, um zu verstehen, dass du als Geist noch hier bist. Und dir wird es auch nur noch mehr wehtun, sie zu sehen. Bitte tu dir und ihnen dies nicht an! Bitte lass los und finde deinen Frieden!"

Aber er wollte sie sehen. Die Kinder, die er geliebt und vergessen hatte. Er wollte ihnen zeigen, dass er eben nicht weg war. Noch nicht zumindest. Doch verstand auch, dass seine Liebste recht hatte.

Es wäre nicht gut für sie und für ihn auch nicht. Es würde ihm nur noch schwerer machen loszulassen, aber eben dies war es, was er tun musste. Glaubte er zumindest. Er würde weiterziehen, wenn sie ihn begraben hatten und er losgelassen hatte.

Es ist besser so, sagte er sich.

„Lebewohl", erwiderte er ihr und gab ihr einen erneuten und endgültigen Abschiedskuss, „Lebewohl, Liebste, und danke für die Zeit mit dir."

Er wartete nicht auf eine Reaktion, sondern wandte sich von ihr ab und verschwand an seinen inneren Ruheort, wo er dieses Mal blieb. Er würde dort warten, bis er weiterziehen konnte. Bis sie ihn begraben hatten und er endgültig verschwinden würde.

Kapitel 4

Tiefe Trauer

~Trigon 22. / 23.06.2047~

„Bitte sag mir, dass darin nicht das ist, was ich denke", bat sie die beiden Männer, doch beide nickten nur traurig. Sie unterdrückte ihre Tränen und wandte sich an ihren Sohn, der anscheinend noch nicht wirklich verstanden hatte, worum es hier ging. Was sein Großvater in dieser Holzkiste mitgebracht hatte.

„Geh bitte in dein Zimmer, Robin", wies sie ihn an und er war doch etwas verwundert über die Anweisung seiner Mutter. Und auch darüber, dass sie so traurig klang. Er nickte jedoch brav und ging zurück ins Haus.

Nachdem er verschwunden war, ging sie in die Knie und ließ nun doch ihren Tränen freien Lauf. Sie hatten ihn getötet. Sie hatten ihren Mann getötet und ihren Kindern den Vater genommen. Warum nur hatten sie so etwas getan?

„Ich dachte, ihr wolltet ihn beschützen?", schimpfte sie mit den beiden Männern, „Was haben die mit ihm gemacht? Was haben diese Monster mit meinem Mann gemacht?"

Sie wollte es einfach nicht wahrhaben. Es durfte nicht wahr sein.

Eine Hand wurde tröstend von Nathaneal auf ihre Schulter gelegt.

„Nachdem sie ihn eingefangen hatten, haben sie mehrere Nächte darüber verhandelt, wie sie ihn verurteilen würden. Wir waren mit dabei und ich habe unserem König sogar versucht zu erklären, warum dein Mann diese Taten begangen hat. Ich habe ihm sogar den Vorschlag gemacht, euch zurück nach Terra, fern ab von jeden Vampiren zu bringen, aber das wurde abgelehnt", erklärte er traurig und ihr Schwiegervater trat mit der Kiste zu ihr, „Sie wollten, dass er stirbt, um als Beispiel dafür zu dienen, was allen blüht, die ihm nacheifern. Und gestern Morgen haben sie ihn dann durch Sonnenlicht sterben lassen.

Ich versprach dir, dass ich ihn schützen würde, ja, aber ich denke, ich habe versagt."

Sie nahm die Holzkiste ab und zögerte nicht damit, sie zu öffnen. Sie wollte wissen, ob es wahr war. Ob da wirklich nur noch die Asche oder was auch immer von ihm übrig geblieben war, drin war. Auch wenn es sie vermutlich verstören würde.

Sie sah tatsächlich etwas Asche, kleinere Knochensplitter und ein Schädelstück, an dem sogar noch Fangzähne

hingen. Das hier waren die Überreste eines Vampirs.
Wieder weinte sie und achtete nicht darauf, dass sie damit in die Holzkiste tropfte, als ihre Aufmerksamkeit auf etwas anderes fiel.

Jemand hatte auf den Schädelknochen anscheinend etwas mit Blut geschrieben. Sie las, was dort stand, und runzelte die Stirn. Das war der Name ihres Mannes. Warum hatten sie seinen Namen darauf geschrieben?

„Warum habt ihr seinen Namen ... ?", wollte sie von ihrem Schwiegervater wissen, erschrak aber, als sie hinter ihm ihren Mann entdeckte. Oder sich zumindest einbildete, dass er da war. Er konnte schließlich nicht hier sein.

„Ich bin noch hier. Ich bin nicht tot, Liebste. Ich bin nicht ... Ich ...", sagte diese Einbildung von ihr in seiner Stimme und es verwunderte sie, dass sich die beiden anderen zu ihm umdrehten, als hätten sie ihn gehört. Dabei war das unmöglich. Es sei denn, das war doch nicht nur eine Einbildung.

„Aber wie ... ?", frage sie die beiden anderen und kroch ein Stück zurück.

„Eigentlich war das etwas, was wir dir schonender beibringen wollten", meinte Nathaneal und wirkte nicht erfreut über die Erscheinung ihres Mannes, „Er ist

nämlich noch nicht weitergegangen. Warum auch immer. Und er wusste bis vor kurzem nicht einmal mehr von dir."
Sie dachte an den Traum, von dem ihr Robin erzählt hatte. Dass ihr Mann ihn vergessen hatte. Vielleicht war das auch wahr gewesen. So wie das, was sie gestern gesehen hatte in der Scherbe. Vielleicht hatten sie es alle geahnt.
Ihr Mann schien traurig zu sein und wandte sich von ihr ab, damit sie nicht sah, wie er weinte. Was ihm aber nicht gelang, da sie es dennoch merkte.
„Stimmt das? Hast du mich wirklich vergessen, Liebster?", wollte sie wissen und wartete geduldig auf eine Antwort von ihm.
„Ja, ich habe alles vergessen über mich. Über das, was ich hatte. Und es ist bisher auch noch nicht so viel, was ich jetzt wieder weiß", entgegnete er ihr und drehte seinen Kopf doch wieder zu ihr, „Doch als ich dich sah, habe ich wieder die Liebe für dich empfunden, die ich wohl auch zu Lebzeiten gespürt hatte. Und dich weinen zu sehen, hat in mir den Wunsch geweckt, mich dir zu zeigen. Ich wollte dich trösten, aber ich denke, das war nicht gut, da ich wohl auch nicht dauerhaft bleiben werde.
Das glaube ich zumindest, denn irgendwie ist es ja schon

seltsam, dass ich überhaupt noch da bin. Vielleicht bin ich auch nur noch hier, damit ich dir Lebewohl sagen kann und um dir zu sagen, dass es mir leidtut, dich nun mit den Kindern alleine lassen zu müssen."

Vorsichtig erhob sie sich und schloss die Kiste, ehe sie mit dieser zu ihrem Schwiegervater und damit auch auf ihren Mann zuschritt. Ersterem gab sie die Holzkiste zurück.

„Geht ihr zwei bitte ins Haus. Die Sonne geht langsam auf. Ich will mich von meinem Mann verabschieden, damit er endlich weiterziehen kann", sagte sie den beiden Vampire und erhielt ein Nicken dafür, aber auch einen besorgten Blick von Nathaneal, welcher von ihr zu ihrem Mann wanderte.

Was er sich wohl gerade dachte? Vielleicht, dass es sie innerlich zerbrechen würde, wenn sie jetzt ihrem Mann Lebewohl sagte für immer? Wie viel schlimmer sollte es denn noch werden? Sie wusste doch jetzt, dass er tot war und dies hier nur noch ein Nachklang seines einstigen Selbst war. Ihre letzte Chance, mit ihm zu reden, bevor er für immer verschwand. Und sie wollte dafür mit ihm alleine sein.

„Es wird schon gehen. Mach dir keine Sorgen", ergänzte sie leise, was die beiden Vampire nun auch akzeptierten und an ihr vorbei in das Haus schritten. Vermutlich weil sie verstanden, dass sie jetzt gerne alleine mit ihrem Mann wäre.

Vorsichtig machte sie einen weiteren Schritt auf ihn zu, doch er wich irritiert von ihr weg. Tat er das, weil sie ihm eine Fremde war? Weil er sich nicht erinnerte?

Seine Reaktion schmerzte sie, doch sie unterdrückte weitere Tränen und wischte die, die sie bereits hatte, mit ihrer Hand weg. Sie sah ihn an und wartete, was er tun würde, doch er starrte sie nur ebenso an.

Sie erkannte, dass er über etwas nachzudenken schien und sogar ansetzen wollte, etwas zu sagen, aber er ließ seine Worte unausgesprochen. Stattdessen war sie es, die wieder das Wort ergriff.

„Seit du fliehen musstest, habe ich jeden Abend gehofft, dass du am Morgen zu mir zurückkehren würdest. Und seit ich wusste, dass sie dich gefangen hatten, habe ich darum gefleht, dass sie dir vergeben würden. Dass du noch eine Chance bekommen würdest und du dich wirklich ändern würdest. Ich habe dich einfach so schrecklich vermisst", sagte sie ihm und wagte es nun endlich ihn zu umarmen.

Irgendwie erwartete sie Protest von ihm, doch dieser

folgte nicht. Nein, er legte sogar auch seine Arme um sie
und es fühlte sich für sie, fast so an, wie früher. Sie meinte
sogar sein Herz schlagen zu hören in seiner Brust, auch
wenn es wie ein Echo in der Ferne klang und nicht so wie
früher. Für einen Moment vergaß sie, dass er nur ein Geist
war. Sie ignorierte diese Tatsache einfach.
Als er jedoch seine Umarmung löste, holte sie die Realität
wieder ein und sie verstand, dass es wohl Zeit war
Abschied zu nehmen. Sie griff nach seinen Händen und
streckte sich zu ihm, um ihm einen Abschiedskuss auf
seine Wange zu geben.
„Danke, dass du noch einmal zu mir zurückgekommen
bist. Es ist fast schon so, als seist du lebendig. Und ich
bekomme die letzte Chance, dir zu sagen, dass ich dich
liebe", flüsterte sie zu ihm und war froh, dass sie ihm diese
letzten Worte mitteilen konnte. Dann lehnte sie ihren
Kopf erneut an seine Brust, um sich wieder in den
Gedanken zu verlieren, dass er nicht tot war. Dass er
gerade kein Geist oder was auch immer war.
Vielleicht war dies hier ja auch nur ein Alptraum? Denn
Geister oder so etwas gab es schließlich nicht. Nicht
einmal in Trigon, wo es neben Vampiren noch jede Menge
andere seltsame Gestalten gab, die sie früher nur aus

Fantasybüchern gekannt hatte. Wenn es ein Traum wäre, würde sie bald daraus erwachen und ihr Mann wäre dann zwar wieder fort, aber er würde immer noch leben.

„Es tut mir so leid", vernahm sie seine Stimme und spürte, dass er sein Gesicht in ihre Haare vergrub. Sie erinnerte sich daran, dass er dies vor seiner Flucht auch gerne einmal getan hatte, wenn sie gekuschelt hatten und sie unterdrückte weitere Tränen deshalb. Innerlich flehte sie, dass sie nur träumte, doch je länger sie seinem Herz und seiner Atmung lauschte, desto weniger hatte sie das Gefühl, dass sie schlief.

Als sie schließlich die Wärme der Sonne spürte, begann sie sich sogar um ihn zu sorgen, doch er reagierte überhaupt nicht auf das Tageslicht.

Hatte er seine Schutzkette um?

Nein, das war ja nicht möglich. Die hatte immer noch Robin, weil er ihm diese gegeben hatte.

Der Gedanke an ihren Sohn erinnerte sie wieder daran, dass sie ihren Kindern sagen musste, was passiert war. Doch sie wusste noch nicht wie.

Robin hatte schließlich die Holzkiste gesehen und auch, wie traurig sein Großvater deshalb war. Und vermutlich konnte der Junge sich auch bei der Reaktion seiner Mutter

auf diese denken, was es mit dieser auf sich hatte.
Vielleicht hatten ihm ja auch schon Nathaneal oder ihr
Schwiegervater etwas dazu verraten und sie sollte langsam
zu ihm, um ihn zu trösten? Um ihre Kinder zu trösten?
Sie beendete ihre Umarmung und versuchte sich von ihm
zu befreien, was er sofort auch bemerkte, weshalb er sie
losließ und verwundert ansah.
Sein Anblick erinnerte sie kurz an ihr erstes Treffen in
Terra zurück und eigentlich wollte sie jetzt nicht ins Haus
gehen, um ihn ziehen zu lassen, doch sie musste es tun.
Ihre Kinder brauchten sie jetzt und ihr Abschied von ihm
ging schon viel zu lange. Es würde ihr nicht leichter
fallen, wenn sie weiterhin blieb.
„Ich muss zu unseren Kindern und ihnen beibringen, dass
du …", ihre Worte wurden von seinen Lippen auf ihren
gestoppt und auch wenn es sie irritierte, erwiderte sie ihn
doch diesen letzten Kuss. Nachdem sie ihn beendet
hatten, wandte sie ihren Kopf ab. Sie sollte jetzt zu ihren
Kindern.
„Ich muss wirklich zu ihnen, Liebster", begann sie erneut,
„Robin wird sich schon fragen, was los ist und er wird den
anderen beiden sicherlich schon erzählt haben, dass
irgendetwas nicht stimmt. Er ist ein schlauer Junge und

kann sich vielleicht schon denken, was es mit der Kiste auf sich hatte, die dein Vater und Nathaneal gebracht haben. Ich muss ihnen einfach jetzt die Wahrheit sagen, auch wenn für sie eine Welt zusammenbrechen wird."
Und sie selbst musste auch lernen, zu akzeptieren, was passiert war. Sie musste ihn einfach jetzt gehen lassen. Dorthin, wo sie alle nach ihrem Tod gingen. Wo auch immer das war.
„Wir werden dich später hier in der Nähe begraben, damit du deine Ruhe finden kannst. Zeig dich ihnen bitte nicht. Sie sind zu klein, um zu verstehen, dass du als Geist noch hier bist", fuhr sie fort, „Und dir wird es auch nur noch mehr wehtun, sie zu sehen. Bitte tu dir und ihnen dies nicht an. Bitte lass los und finde deinen Frieden."
Das war zumindest das, was sie ihm wünschte. Dass er nun endlich zu Ruhe käme, auch wenn es für sie hieß, dass er fort wäre.
„Lebewohl, Liebste", flüsterte er traurig und küsste sie erneut, „Und danke für die Zeit mit dir."
Tränen stiegen ihr in die Augen, doch er wandte sich von ihr ab und verschwand sichtlich vor ihren Augen, als wäre er nur eine Einbildung gewesen. Sie ging erneut in die Knie, wo sie bitterlich weinte.

Obwohl sie eigentlich ins Haus gehen wollte, blieb sie weiterhin auf dem Boden vor ihrer Haustür sitzen und weinte.

Sie hatte ihn verloren. Sie hatte ihre große Liebe verloren, weil ihn irgendwelche Vampire umgebracht hatten. Plötzlich verstand sie auch, warum er diese so gehasst hatte, denn in ihr keimte ebenso der Hass auf diese auf.

Eine Hand legte sich auf ihre Schulter und sie drehte sich um, womit sie Nathaneal entdeckte, der sie sichtlich besorgt ansah.

„Du solltest jetzt ins Haus kommen", meinte er sanft zu ihr und sie wunderte sich kurz, warum er überhaupt jetzt vor ihr hocken konnte ohne zu verbrennen, bis sie den grünen Stein entdeckte, der an einer Kette um seinen Hals hing. Anscheinend hatte er sich den Schutzstein von Robin geben lassen.

„Wir müssen ihn begraben", flüsterte sie traurig, doch er schüttelte den Kopf.

„Erst einmal müssen wir gar nichts. Alles, was du jetzt tun solltest, ist zu uns ins Haus kommen. Mina ist mit deinen Kindern oben und lenkt sie ab, damit sie es erst einmal nicht wissen", erklärte er ihr und bot ihr seine Hand an, um ihr aufzuhelfen, „Lass uns zu Milan ins Wohnzimmer

gehen und darüber reden, was wir jetzt machen wollen."
Sie nickte stumm und nahm seine Hand an, ehe sie sich mit seiner Hilfe erhob. Ein Kribbeln ging durch ihre Beine, weil sie anscheinend zu lange am Boden gehockt hatte.

„Wir sollten ohnehin bis Sonnenuntergang warten, bevor wir ihn begraben", ergänzte er und führte sie langsam ins Haus.

Sie drehten ihren Kopf zu ihm.

„Wegen der Sonne?", fragte sie und er nickte, „Ihr habt seine Kette und im Schlafzimmer liegt sein Schwert. Damit wärt ihr geschützt."

Er ließ sie los und sie wandte sich ab, um zum Wohnzimmertisch zu gehen, wo die Holzkiste stand, auf der der Blick ihres Schwiegervaters ruhte.

„Das ist richtig, aber wir sind drei vollwertige Vampire hier", hörte sie Nathaneal hinter sich und der andere hob den Kopf, „Ich denke, wir alle würden ihm gerne die letzte Ehre erweisen."

Damit hatte er auch wieder recht und das wusste sie auch. Außerdem brauchte sie vermutlich auch ihre Freundin dabei.

„Ich will ihn noch einmal sehen", erwiderte sie ihm und

öffnete die Kiste erneut, doch immer noch befand sich in ihr dasselbe, wie zuvor. Sie wollte wieder weinen, doch irgendwie kamen ihr keine Tränen mehr.

Stattdessen berührte sie erneut die Buchstaben auf dem Schädel.

„Das ist Blut, oder?", fragte sie und erhielt ein Nicken von ihrem Schwiegervater, „Warum wurde sein Name auf seinen Schädel geschrieben?"

„Als wir dabei waren, diese Reste einzusammeln, ist sein Geist aufgetaucht, den du draußen gesehen hast und hat Nathaneal angegriffen. Er hatte ihn nicht erkannt und er hatte auch nicht auf seinen Namen reagiert, als wir ihn damit ansprachen", erklärte er ihr, „Und dann kam mir die Idee, seinen Namen auf ein größeres Stück seiner Reste zu schreiben, weshalb ich dies auch mit meinem Blut tat. Ich weiß nicht, was mich tatsächlich dazu trieb und es klang auch zu absurd, um zu funktionieren, doch das hat es. Nachdem ich die Buchstaben geschrieben hatte, hat er auf seinen Namen reagiert und uns nicht mehr angegriffen."

Sie verstand überhaupt nicht, warum ihr Mann das getan hatte. Warum seine erste Aktion als Geist gewesen war, seine Freunde zu attackieren. Aber vielleicht war er ja verwirrt gewesen.

Ihr lag auf der Zunge zu fragen, ob er sehr gelitten hatte, doch da sie bereits Verbrennungswunden durch Sonnenlicht bei ihm gesehen hatte und er ihr auch bestätigt hatte, dass solche ziemlich schmerzhaft waren, ersparte sie sich diese Frage. Außerdem wusste sie auch, dass es durchaus Stunden dauern konnte, bis ein Vampir dadurch starb. Auch das hatte sie von ihm.

Sie schloss die Kiste erneut und wandte ihren Kopf zu ihrem Schwiegervater.

„Wenn wir ihn jetzt nicht begraben, sollten wir uns vielleicht hinlegen", meinte sie zu ihm, „Auch wenn ich noch daran zweifle, dass ich überhaupt in nächster Zeit Ruhe finden werde."

Sein Blick ging zu Nathaneal, der immer noch etwas abseits hinter ihr stand und sie drehte ihren Kopf, nur um zu sehen, wie dieser nickte.

„Du hast uns gegenüber einen Vorteil. Du bist ein Mensch", hörte sie ihren Schwiegervater hinter sich und spürte, dass er nach ihrer Hand griff, was sie veranlasste sich wieder zu ihm umzudrehen, „Auch wenn wir das eigentlich nicht mit dir machen wollten."

Sie verstand nicht, was er meinte, merkte aber, dass seine

Augen Blickkontakt zu den Ihrigen suchten. Plötzlich ahnte sie doch, was er vorhatte, weshalb sie den Kopf schüttelte und ihre Hand wegziehen wollte.

„Ich brauche eure Hypnose nicht", schimpfte sie und weinte, „Ich brauche meinen Mann, aber den werde ich nie wieder bei mir haben. Ich werde ihn nie wieder im Arm halten können."

Der Gedanke daran schmerzte. Warum nur war es so weit gekommen?

„Und deine Kinder brauchen dich heute Abend, wenn sie erfahren, dass ihr Vater fort ist. Es wäre jetzt wirklich besser, wenn du etwas ruhst", gab er ihr zurück, „Auch wenn es nur durch unsere Hypnose ist. Es ist einfach besser für dich gerade."

Vielleicht hatte er damit auch recht. Wenn sie sich jetzt ins Bett legen würde, würde sie wach liegen und nachdenken. Sie würde trauern. Und sie wäre nach Sonnenuntergang vermutlich ziemlich erschöpft. Dabei musste sie da dann stark für ihre Kinder sein und ihnen Halt geben.

„Einverstanden, aber nicht hier", sagte sie und er ließ ihre Hand los, „Im Schlafzimmer. Wenn du mich schon hypnotisieren willst, dann tu dies im Schlafzimmer, wo ich gleich in Bett liegen kann."

Er nickte und sie wandte sich von ihm ab. Sie ging am Kamin vorbei in der Flur und von dort in ihr Zimmer, wo sie das Bild ihres Mannes mit der Bildseite auf den Nachttisch legte, ehe sie den Plüschwolf ihrer Tochter anhob, der immer noch dort stand, wo sie ihn ablegt hatte. Mit diesen in der Hand drehte sie sich zu ihrem Schwiegervater um, der ihr zwar gefolgt war, aber in der Tür stehen geblieben war.

„Bringst du den bitte Annika?", bat sie ihn und streckte ihn das Kuscheltier entgegen, „Und Nathaneal soll Robin die Kette bitte zurückgeben. Der Junge braucht die zum Schlafen."

Er nickte und nahm ihr das Stofftier ab.

„Das weiß er selbst und er hatte sich die auch nur ausgeliehen", entgegnet er ihr und sie setzte sich auf ihr Bett, während er näher zu ihr trat und einen Blick zu dem umgedrehten Bild warf, „Ich wollte, ich könnte dir sagen, dass alles wieder gut wird, aber das wäre vielleicht gelogen. Es wird nur irgendwann einfacher zu ertragen, hoffe ich."

Er sah wieder in ihre Richtung und dieses Mal entschied sie von sich aus, dass sie Blickkontakt zu seinen Augen suchte. Sie wusste, dass sie ein ähnliches Grün hatten, wie die ihres Mannes gehabt hatten und sie hätte bei dem Gedanken fast wieder geweint, wäre sie in diesem Moment nicht der Hypnose dieses Vampirs erlegen, die sie in den Schlaf schickte.

Ein wenig später erwachte sie wieder und begann sich zu fragen, ob sie das vielleicht gerade nur geträumt hatte. Sie schaltete das Licht an und entdeckte das liegende Bild auf ihrem Nachttisch, was ihr verriet, dass es kein Traum gewesen war.

Dieses Mal weinte sie nicht. Sie konnte es einfach gerade nicht. Stattdessen schob sie ihre Beine aus dem Bett und ging zur Tür, um ihr Schlafzimmer zu verlassen und um nachzusehen, ob einer der anderen wach war.

Im Wohnzimmer fand sie ihren Schwiegervater, der im Sessel saß und seine Augen geschlossen hatte. Warum er sich nicht hingelegt hatte, verstand sie nicht. Sie machte ein paar Schritte zu ihm und er schlug seine Augen auf, als er sie bemerkte.

„Ich wollte dich nicht wecken", meinte sie und er sah zur Uhr, ehe er seinen Kopf zum Fenster umdrehte, wo das Licht der Dämmerung hindurchfiel.

„Wie geht es dir?", fragte er sie und wandte sich wieder an

sie, „Ich hoffe, es hat dir ein wenig geholfen, was ich getan habe."

Sie war sich nicht so sicher. Wirklich besser fühlte sie sich nicht, nur weniger müde.

„Ich werde jetzt das Frühstück vorbereiten", erwiderte sie ihm, ohne seine Frage zu beantworten und wandte sich von ihm ab, um in die Küche zu gehen.

Dort stellte sie jedoch fest, dass jemand bereits den Tisch gedeckt hatte und sie somit nichts mehr vorzubereiten hatte. Selbst für die drei Vampire standen bereits ein Tonkrug und Becher bereits.

Hinter ihr hörte sie, wie sich ihr Schwiegervater erhob und nun zu ihr kam.

„Ich konnte nicht schlafen", erklärte er ihr und sie drehte sich zu ihm um, „Also habe ich mich vorhin nützlich gemacht und den Tisch schon einmal gedeckt. Ich dachte jedenfalls, dass ihr bald alle aufstehen würdet."

Tatsächlich war es schon ein wenig seltsam, dass noch keines ihrer Kinder wach war. Normalerweise wären sie eigentlich schon lange auf und hätten sie vermutlich geweckt.

„Ich denke, es wird aber langsam Zeit, die Kleinen zu wecken", sagte sie und er nickte, „Und ich sollte mir überlegen, was ich ihnen sage."

Sie ging an ihm vorbei und wieder folgte er ihr, als sie in Richtung Flur und Treppe schritt.

„Du solltest dein Gesicht vielleicht erst einmal mit Wasser abspülen, bevor du zu ihnen gehst", sie blieb vor der ersten Stufe stehen und sah ihn fragend an, „Man sieht dir an, dass du viel geweint hast und ich vermute, du willst nicht, dass sie das direkt auch sehen, oder?"

Damit hatte er vielleicht sogar recht.

„Gut, dann gehe ich noch kurz ins Badezimmer und danach zu ihnen", gab sie zurück, „Kannst du bitte schon einmal Robin wecken und ihm saubere Sachen aus dem Schrank geben, wenn er welche brauchen sollte?"

Der Angesprochene wirkte kurz irritiert, nickte dann aber, als er verstand, was sie meinte.

Sie sah ihm kurz hinterher, als er die Treppe hinaufstieg, drehte sich schließlich um und ging zurück durch das Wohnzimmer zum Badezimmer.

Als ihr dort ihr Spiegelbild entgegenblickte, verstand sie, was Mina damit gemeint hatte, dass sie blass war und Augenringe hatte und auch warum ihr Schwiegervater ihr geraten hatte, sich das Gesicht abzuspülen. Sie sah wirklich nicht gut aus. Wenn sie so zu Annika ging, würde das Mädchen bestimmt Fragen stellen und dasselbe galt für ihre Brüder.

Eilig wusch sie sich ihr Gesicht mit kalten Wasser, was das ganze zumindest ein bisschen verbesserte. Dann kehrte sie zurück ins Wohnzimmer, um erneut in Richtung Treppe zu gelangen, nur dass sie nicht einmal mehr nach oben gehen musste, da sie ihre Kinder bereits hinabsteigen hörte.

Jedenfalls vernahm sie ihre Stimmen, daher blieb sie stehen und wartete. Annika, ihre Jüngste, trat als Erstes ein und rannte direkt auf sie zu. In ihrer Hand hielt sie ihr Kuscheltier.

„Guten Morgen, Mama", begrüßte sie die Kleine und umarmte sie, ehe sie fragend aufsah, „Mama, hast du etwa geweint? Hattest du einen schlechten Traum?"

Ihr Blick ging zu der Holzkiste auf dem Wohnzimmertisch und sie legte ihre kleine Stirn in Falten.

„Ist das die Kiste, die Opa mitgebracht hat?", fragte sie weiter und sah wieder ihre Mutter an, „Was ist da drin?"

Die Angesprochene zögerte kurz.

„Das ist ... Darin ist ...", begann sie, wurde allerdings von einer anderen weiblichen Stimme unterbrochen.

„Was da drin ist, erzählen wir euch, wenn wir gefrühstückt haben. Dann setzen wir uns alle zusammen ins Wohnzimmer und reden darüber", mischte sich ihre Freundin ein und das kleine Mädchen nickte, ehe sie ihr Mutter losließ und in die Küche ging. Ihre Brüder folgten ihr, während die Vampirin auf die andere zuschritt.
„Mein Mann und Milan werden nicht mit uns am Tisch sitzen. Sie wollen draußen schon einmal ein Loch ausheben", erklärte sie ihr und sie schluckte, weil sie wusste, was dies hieß, „Du wolltest ihn doch begraben, oder etwa nicht?"
„Doch wollte ich", erwiderte sie, „Ich habe ihm gesagt, dass wir das tun würden, damit er seinen Frieden findet. Es tut nur immer noch so furchtbar weh und ich weiß nicht, wie ich es unseren Kindern sagen soll."
Ihre Freundin nahm sie tröstend in den Arm.
„Wir sind doch bei dir", flüsterte sie ihr zu, ‚Und wir trauern auch um ihn. Mein Mann macht sich sogar Vorwürfe deshalb. Und ich vermute, Milan geht es nicht anders. Denk jetzt einfach einen Moment nicht daran und geh mit deinen Kindern frühstücken. Ich komme auch mit."
Sie nickte und löste sich aus der Umarmung, ehe sie in die

Küche ging und sich an den Tisch setzte. Dabei wurde sie skeptisch von Robin beäugte und sie begann sich zu fragen, woran der Junge wohl dachte. Als er jedoch wieder mit dem Stein an seiner Kette zu spielen begann, wusste sie, woran er dachte.

„Mama?", sprach er sie schließlich an, „Opa und Onkel Nathaneal haben vorhin gesagt, dass sie uns nachher noch etwas sagen müssen. Und sie sahen ziemlich traurig dabei aus. Ist etwas passiert? Ist etwas mit Papa passiert?"

Nicht nur sein Blick ging zu ihr, sondern auch der seiner Geschwister, während sich ihre Freundin auch an den Tisch setzte.

„Vermutlich muss er noch länger dort bleiben", meinte Jonathan, „Sie haben ihn bestimmt eingesperrt. Aber er kommt sicher wieder frei, wenn er seine Strafe abgesessen hat."

Sie warf der Vampirin einen unsicheren Blick zu.

„Esst bitte erst einmal", erwiderte sie ihren Söhnen, „Wir reden später über euren Papa."

Jonathan nickte und nahm sich eine Brotscheibe. Robin zögerte kurz, tat es seinem Bruder dann aber gleich. Für ihre Tochter bereitete sie dagegen eine Scheibe vor, welches die Kleine ihr glücklich abnahm. Sie selbst aß

nichts und sah ihren Kindern nur dabei zu.
Und auch die Vampirin goss sich nichts von dem Blut ein, das in dem Tonkrug stand. Sie hatte wohl auch keinen Appetit.
Nachdem ihre Kinder aufgegessen hatten, erhob sie sich und begann damit, den Tisch abzuräumen. Außerdem hörte sie, dass wohl auch die anderen beiden Vampire zurück im Haus gekommen waren.
„Sollen wir uns im Wohnzimmer hinsetzen?", fragte ihre Jüngste und sie nickte.
„Ich komme gleich zu euch", rief sie ihnen hinterher, als sie durch die Tür verschwanden und atmete tief durch. Jetzt wurde es Zeit, ihnen die Wahrheit zu sagen. Sie wusste nur immer noch nicht, wie sie das anstellen sollte.
Als sie ebenfalls ins Wohnzimmer getreten war, entdeckte sie ihre drei Kinder dabei, wie sie auf die Kiste starrten. Dabei las sie in jeder ihrer Mienen einen anderen Ausdruck. Annika wirkte neugierig, Jonathan skeptisch und Robin traurig. Außerdem standen auch ihr Schwiegervater und Nathaneal am Tisch.
„Dürfen wir hineinsehen?", war die Frage ihrer Tochter, als sie endlich neben ihnen stand und sie schüttelte den Kopf. Das sollten sie nicht. Sie mussten nicht sehen, was

noch von ihrem Vater übrig war. Dieses Bild wollte sie ihnen ersparen.

„Ihr dürft diese Kiste nicht öffnen und auch nicht hineinsehen. Und wir werden sie gleich draußen begraben", erwiderte ihr Schwiegervater den Kindern.

„Aber warum ... ?", setzte Jonathan an und sein Bruder unterbrach ihn.

„Hast du es wirklich noch nicht verstanden?", schimpfte er und ihm kamen Tränen, „Sieh dir doch einmal Mama, Opa, Tante Mina und Onkel Nathaneal an! Sie sind alle traurig! Sie haben geweint! Bei Mama ging das gestern los, als sie ihr diese Kiste brachten. Und unser Papa ist nicht mit ihnen zurückgekommen. Weil er das nicht konnte. Weil er tot ist und in dieser Kiste!"

Entsetzt starrten ihn sein älterer Bruder und seine Schwester an. Ihre Mutter war jedoch nicht wirklich überrascht, da sie bereits geahnt hatte, dass er es sich denken konnte. Er war eben ein kluger Junge. Sie hatte sich nur gewünscht, dass er es nicht ausgesprochen hätte.

„Du lügst!", entfuhr es der Jüngsten und sie schlug ihren Bruder, „Papa ist nicht tot! Er würde uns doch niemals verlassen. Und er ist viel größer als diese Kiste. Da passt der doch gar nicht hinein."

Eilig schritt sie dazwischen und zog das Mädchen von Robin weg.

„Mama, sag du es ihm", bat das Kind sie, „Sag du ihm, dass Papa noch beim König ist und lebt."

Sie ließ sie los und atmete noch einmal tief durch.

„Annika, er hat recht", erwiderte sie ihr und sah, wie ihrer Tochter Tränen kamen, „Euer Papa ist tot."

Sie selbst begann nun auch wieder zu weinen.

„Mama", vernahm sie Jonathans Stimme und spürte, dass er sie umarmte. Und ihm schlossen sich Annika und Robin an.

„Es tut mir so leid", flüsterte sie ihren Kindern zu, obwohl sie ja nicht einmal etwas dafür konnte. Warum nur hatte es dazu kommen müssen? Warum nur hatte sich ihr Mann denn nicht gebessert?

Ihre Tochter beendete als Erste die Umarmung wieder und sah zu ihrem Großvater.

„Opa, hat sich Papa gewehrt?", fragte sie ihn und er schien verwundert über ihre Frage, bis er verstand, dass sie wissen wollte, ob ihr Vater zumindest versucht hat seinem Tod zu entgehen. Ob er versucht hatte, zu seiner Familie zurückkehren zu können.

„Ja, das hat er", bestätigte er ihr und sie wischte ihre

Tränen weg, „Er hat auch ganz viele von ihnen außer Gefecht gesetzt, bevor sie ihn töten konnten."

Ihre Mutter hob den Blick zu ihm und merkte, dass seine Aussage gelogen war, aber zumindest Annika schien dies nicht aufzufallen. Sollte sie glauben, dass ihr Vater es fast geschafft hätte.

Robin und Jonathan ließen ihre Mutter ebenfalls los und sie sah Tränen in ihren Augen.

„Und wo ist Papa jetzt?", erhob der Ältere das Wort und wandte seinen Blick zu ihr, „Ist er jetzt im Himmel?"

Das wusste sie selbst nicht und sie glaubte auch nicht an ein Leben nach dem Tod. Für sie bedeutete der Tod, dass man dann fort war für immer. Dass einfach nichts mehr kam. Allerdings war der Gedanke daran, dass ihr Mann jetzt irgendwo anders noch weiter existierten könnte, etwas, das ihren Kindern vielleicht Trost spenden könnte.

„Ja", sagte sie ihm also und bekam einen zweifelnden Blick von Nathaneal dafür, „Er ist jetzt im Himmel und passt von dort auf euch auf. Auf uns."

Ihre Worte schienen zu wirken, denn sie bekam zumindest ein trauriges Lächeln von ihren Kindern dafür.

„Wir sollten ihn jetzt begraben", mischte sich ihre Freundin ein, „Die Nacht ist ohnehin kurz für uns."

Damit hatte die Vampirin recht, auch wenn sie sich noch nicht damit anfreunden konnte, dies zu tun. Aber sie konnte diese Holzkiste eben auch nicht im Wohnzimmer behalten. Am Ende würde sie nur durch neugierige Kinderhände geöffnet werden.

Sie vernahm ein Nicken der beiden Männer, ehe Nathaneal zu seiner Frau ging und ihr Schwiegervater die Kiste anhob, um ihm mit dieser zu folgen.

„Dürfen wir ihm noch etwas zum Abschied mitgeben?", hörte sie Robin fragen und drehte ihren Kopf zu ihm. Er hatte seine Kette abgenommen und hielt sie nun in seiner Hand.

„Ich möchte ihm die geben", erklärte er ihr.

Sie wusste nicht, was sie ihm sagen sollte. Da wo ihr Mann jetzt war, brauchte er diese Schutzkette nicht mehr. Und sie war sich ziemlich sicher, dass sie Robin Halt geben würde, weshalb er sie auch behalten sollte.

Ein Kuscheltier wurde ihr entgegengestreckt, was sie aus ihren Gedanken riss.

„Und ich den hier, damit er immer an mich denkt", meinte ihre Jüngste.

Somit wollten zwei ihrer Kinder ihrem Vater etwas mitgeben und sie fand das zwar süß, wusste aber auch, dass die beiden die Geschenke ihres Mannes besser behalten sollen, als Erinnerung an ihn. Daher schüttelte sie den Kopf.

„Die behaltet ihr, damit ihr etwas von ihm habt", erwiderte sie ihren Kindern.

„Wir könnten doch auch ein Kreuz oder so etwas bauen und es dort hinstellen, wo wir ihn begraben", schlug Jonathan vor, „Dann wissen wir immer, wo er liegt. Und Blumen könnten wir für ihn sammeln. Er hat sich doch immer gefreut, wenn Annika das für ihn getan hat, als er noch bei uns war."

Tatsächlich hatte er sich nur gefreut darüber, weil es das Mädchen glücklich gemacht hatte, wenn er dies tat, das wusste seine Frau. Und trotzdem nickte sie zustimmend, weil sie die Idee ihres Sohnes dennoch gut fand. Es würde sie vielleicht etwas ablenken.

„Das ist eine schöne Idee", sagte sie ihm und nahm die Hand ihrer Tochter, „Lasst uns jetzt euren Opa folgen."

Sie schritt mit der Kleinen zu ihrem Schwiegervater und öffnete ihm die Haustür, damit er hinaustreten konnte. Ihm folgten ihre Söhne, dann ihre Freundin mit Nathaneal und zum Schluss ging auch sie mit der Jüngsten hinaus.

Am Himmel waren kaum Wolken, dafür aber jede Menge Sterne zu sehen und sie begann sich einen Moment wirklich zu fragen, ob ihr Liebster vielleicht doch irgendwo von dort oben auf sie hinabsah.

Tränen kamen ihr erneut bei dem Gedanken daran, dass er fort war und sie merkte nicht einmal, dass sie die Kinderhand losließ, die sie gehalten hatte.

„Mama?", sprach ihre Tochter sie an und sie drehte ihren Kopf wieder zu ihr.

„Alles gut, mein Schatz", erwiderte sie ihr und strich ihr über die Haare, „Ich habe nur gerade nachgedacht. Lass uns jetzt zu den anderen gehen, ok?"

Das Mädchen nickte und lief eilig zu ihren Brüdern, die mittlerweile mit den drei Vampiren unweit von Haus vor einem Loch in der Erde standen und in dieses hinein starrten. Und selbst in dem wenigen Licht der Sterne, sah sie, dass sie alle weinten.

Sie folgte ihrer Tochter.

Es wurde Zeit, dass sie ihn begruben. Damit er Frieden fand. Jedenfalls war es das, was sie hoffte, was passieren würde. Vermutlich brauchte er das nicht einmal mehr. Sie hatte seinen Geist schließlich verschwinden sehen. Er war bestimmt schon weg für immer. Oder eben im Himmel oder wo auch immer.

„Wir sollten alle vielleicht noch ein paar Abschiedsworte sprechen, bevor wir das Loch mit Erde bedecken", meinte ihr Schwiegervater, als sie endlich auch bei ihnen war und legte die Holzkiste vorsichtig in das Loch hinein, „Ich war dir nie der Vater, den du gebraucht hättest, mein Sohn, und ich bedaure jedes Jahr, in dem ich nicht für dich da war.

Ich wünschte, ich hätte verhindern können, was sie aus dir gemacht haben.

Ich wünschte, ich hätte mehr für dich getan, als sie ihr Urteil über dich vollstreckten.

Es tut mir so leid, dich im Stich gelassen zu haben."

Er sank in die Knie und weinte. Nathaneal legte ihm eine Hand auf seine Schulter und sagte ihm etwas, was sie allerdings nicht hörte, woraufhin sich die beiden Männer Blicke miteinander austauschten, ehe ihr Schwiegervater sich wieder erhob und an die Seite trat, damit sich der andere verabschieden konnte.

„Auch ich hätte noch so viel mehr für dich tun können und vielleicht sogar müssen", begann dieser an die Kiste gewandt, „Vielleicht hätte ich deine Fehltritte von Anfang an weniger tolerieren sollen, um dein Verhalten zu

korrigieren. Aber ich dachte immer, dass du unsere
Ratschläge irgendwann befolgen würdest. Dass du dich
ändern würdest. Vielleicht war es auch ein Fehler von uns,
dich aus Terra zurückzuholen. Du warst dort vermutlich
besser aufgehoben als hier.
Ich werde mein Versprechen, dass ich dir vor deinem Tod
gab, halten und mich um deine Familie kümmern, die du
hinterlässt. Es tut mir leid, alter Freund. Ich wollte, ich
hätte mehr für dich getan."
Sie wusste, dass Nathaneal schon genug für ihren Mann
getan hatte. Sie hatte es schließlich miterlebt, wie oft er
ihn gedeckt hatte in der Zeit, die sie hier lebten. Wie oft er
ihm sogar sein Blut angeboten hatte, damit er keinen
anderen Vampir dafür angriff.
Er wandte seinen Blick zu ihr um und umarmte sie.
„Es tut mir leid", hörte sie ihn und spürte seine Tränen auf
ihre Haut tropfen, ehe er sie losließ. Sie nickte stumm
und trat nun selber näher zu der Kiste.
Sie wollte auch etwas sagen, doch sie wusste einfach nicht
was. Was sollte sie ihm sagen? Dass sie ihn liebte? Dass sie
ihn vermisste?
Kinderhände griffen nach ihren Armen und sie merkte,
dass sich ihre drei Kinder zu ihr gestellt hatten und mit

ihr auf das starrten, was vor ihnen lag. Sie weinten alle drei und trauerten wie sie um ihn.

„Warum hast du uns verlassen, Papa?", jammerte ihr Ältester und ließ sie los, „Du hattest doch versprochen, dass du immer für uns da sein würdest. Und du hast uns gesagt, dass man nicht lügen darf. Du wolltest mir doch noch zeigen, wie das mit dem Jagen geht. Wie man das als Wolf tut."

Er verwandelte sich vor ihren Augen in einen sehr jungen Wolf und legte seinen Kopf nach hinten, ehe er ein trauriges Heulen in den Himmel ausstieß. Während er dies tat, ließen sie die beiden anderen Kinder auch los, wobei Annika ihr Kuscheltier neben ihrer Mutter fallen ließ, um es ihrem Bruder gleichzutun und mit ihm als Wolfskinder ihre Trauer in den Nachthimmel zu heulen. Sie war gerührt von der Aktion ihrer Kinder und hätte sich ihnen nur zu gerne auch angeschlossen, doch da sie sich nun einmal nicht verwandeln konnte, sah sie ihnen nur zu und lauschte ihrer Melodie.

Nachdem sie geendet hatten, wandte sich ihr Älterer als Erster um und verwandelte sich zurück, ehe es ihm seine Geschwister gleich taten und ihre Jüngste ihren Plüschwolf wieder aufhob.

„Ich hoffe, du hast ihr Lied gehört, Liebster", flüsterte sie mehr zu sich selbst, als laut und sah in den Himmel, „Ich danke dir für die Zeit, die wir hatten. Ich liebe dich und ich werde dich auch immer lieben, auch wenn du jetzt nicht mehr an meiner Seite bist."

Sie senkte ihren Blick wieder und nickte zu Nathaneal, damit er das Loch mit Erde bedeckte und die Kiste endgültig begrub, was dieser auch sofort mithilfe ihres Schwiegervaters tat.

Stumm sah sie ihnen dabei zu, während ihr weiter Tränen über die Wange ran. Erst als die Holzkiste gänzlich mit Erde bedeckt war, wagte sie es sich wegzudrehen.

„Lass uns Blumen pflücken für Papa", hörte sie Robin und wandte ihren Blick zu ihm. Er hatte die Hand seiner Schwester in seiner und die Kleine schluchzte, ehe sie nickte.

Sie sah den beiden nach, wie sie zu der Wiese gingen, die hinter ihrem Haus lag und auf der, wie sie wusste, ein paar wilde Blumen wuchsen.

„Mama?", sprach sie ihr ältester Sohn an, „Ich möchte keine Blumen pflücken, aber etwas basteln für ihn. Meinst du, ich kann mit den Sachen, die wir mit ihm im Wald gesammelt haben, etwas Schönes bauen für ihn?"

Sie nickte sofort, ohne groß darüber nachzudenken. Alles, was er basteln würde, wäre schön, weil es ein Abschiedsgeschenk an seinen Vater wäre.

„Ja natürlich und ich helfe dir auch gerne dabei", versicherte sie ihn und nahm seine Hand, ehe sie sich an ihre Freundin wandte, „Passt du auf Robin und Annika auf, während ich mit Jonathan in sein Zimmer gehe?"

Die Vampirin nickte und sie ging schweigend mit ihrem Sohn zurück ins Haus. Es täte ihnen beiden sicherlich gut, jetzt etwas Zeit zusammen zu verbringen.

Kapitel 5

Beschützer für immer

~Trigon 23.06.2047~

Eine ganze Weile verbrachte er an dem Ruheort und schwelgte in den Erinnerungen, die er zurückbekommen hatte, während er darauf wartete, dass es für ihn irgendwie weiterging. Dass irgendetwas mit ihm geschehen würde, auch wenn er nicht einmal wusste, was dies sein sollte. Als sich aber letztendlich überhaupt nichts tat, entschied er sich schließlich doch dafür, dass er, wenn auch unsichtbar, zu den anderen zurückkehren würde.

Das Erste, was ihm bei seiner Rückkehr auffiel, war, dass es wieder Nacht war. Also war er wohl wirklich lange weg gewesen. Und obwohl er wusste, dass er sie nicht aufsuchen sollte, ging er zu dem Haus seiner Familie, in welchem noch oder vielleicht auch wieder Licht brannte. Er wollte nach ihnen sehen. Sie sehen.

Er blieb jedoch nur an einem der Fenster stehen und warf einen Blick hinein. Er entdeckte seine Frau auf einem Sofa sitzend, mit einem kleinen Mädchen, seiner Tochter, auf ihrem Schoss, die sie zu trösten schien und die ihren Kopf an ihrer Brust lehnte, während sie in ihrer kleinen Hand ein Plüschwolf festhielt.

Außerdem erkannte er seinen Vater, der im Sessel Platz genommen hatte und ihm den Rücken zudrehend, sein Gesicht in seine Hände vergrub. Aus dem Nebenzimmer trat eine Frau ein, die vermutlich die von dem Fremden war, welcher am Rande des Raumes vor dem Kamin stand und in diesen hineinstarrte. Ihr folgten zwei Jungen, die der Vampir direkt als seine Söhne erkannte.

Sie alle trugen Trauer in ihrer Miene und weinten zum Teil sogar noch, was in ihm Schuldgefühle auslöste, weil er dafür schließlich verantwortlich war. Er hatte schließlich irgendetwas angestellt, weshalb man ihn getötet hatte.

Er wandte den Kopf ab, um sich von der Tatsache abzulenken, dass sie um ihn trauerten, und entdeckte unweit vom Haus ein kleines Holzkreuz aus Ästen, das in einem frischen Erdhügel steckte.

Hatten sie ihn dort etwa begraben? Oder zumindest die Kiste mit dem, was von ihm übrig war? Wenn es so war, warum war er immer noch nicht zur Ruhe gekommen? Warum war er immer noch nicht weitergegangen? Was stimmte nicht?

Langsam ging er zu jenem Hügel und hockte sich davor hin. Jemand hatte kleine Blumen, die denen ähnelten, die er auf der Wiese vor ihrem Haus gesehen hatte und ein Gebinde aus verschiedenen teilweise grünen Zweigen darauf abgelegt.

Sollte das hier also wirklich sein Grab sein? Er konnte es sich einfach nicht vorstellen, dass es Seins war. Aber er konnte sich ja auch nicht vorstellen, dass er tot war.

Leise weinte er, während er auf das Holzkreuz starrte und den Rest betrachtete. Irgendwie meinte er zu wissen, dass seine Kinder ihm diese Blumen und Zweige gepflückt hatten und der Gedanke daran, dass sie ihn betrauerten, schmerzte ihn erneut.

Das fühlte sich einfach nicht richtig an. Er war nicht tot. Er war hier nicht begraben. Das war einfach nicht wahr. Verärgert riss er das Kreuz aus der Erde und warf es weg. Es störte ihn, dass sie eines aufgestellt hatten und auch, dass sie diese Holzkiste begraben hatten.

Den Rest legte er allerdings vorsichtig zur Seite, weil ihm das doch mehr bedeutete, ehe er damit begann, die frische Erde auszuheben, um an das zu kommen, was dort begraben war.

Er wollte seine Kiste zurück.

Energisch grub er mit seinen Händen die Erde weg, weil er sie sofort zurückwollte. Er musste sie haben, auch wenn er nicht wirklich verstand, wieso ihm das so wichtig war. In seinem Wahn merkte er nicht einmal, dass er seine Gestalt unwissentlich wechselte und plötzlich in Wolfsform mit seinen Pfoten die Erde noch schneller wegbeförderte. Zu besessen war er von dem Gedanken, an diese Holzkiste zu kommen.

Er wollte es einfach nur wieder ausgraben, was sie hier vergraben hatten. Dabei war es ihm auch egal, dass er seine Unsichtbarkeit auch unwissentlich aufgab. Er ertrug es einfach nicht, dass es hier unter der Erde lag.

„Nein, nehmt mir nicht meine Kinder!", hörte er plötzlich eine weibliche Stimme vom Haus her schreien und er unterbrach seine Tätigkeit, um den Kopf zu heben und zu der Quelle des Geräusches zu sehen.

Meine Frau, fiel es ihm direkt ein. Das war seine Frau gewesen, die da geschrien hatte. Nur warum?

Er sah zum Haus und erkannte, mehrere Fremde, die mit seiner Familie aus diesem traten. Er roch die Eindringlinge und ihr Geruch ließ ihn seine Nackenhaare aufstellen. Er mochte aus irgendeinen Grund diese Leute nicht und verspürte auch nichts Gutes von ihnen, weshalb er sich langsam näher schlich, um herauszufinden, was diese wollten.

Wenn seine Frau ihretwegen geschrien hatte, sollte er sie vielleicht angreifen, um sie zu verjagen. Er würde definitiv seine Familie verteidigen, entschied er.

„Sie haben gerade ihren Vater verloren. Entreißt sie doch jetzt nicht auch noch ihrer Mutter!", schimpfte sein Vater, der mit dem anderen und dessen Frau von dreien der fremden Männer mit ihren Schwertern bedroht wurde. Zwei weitere von den Aufgetauchten zerrten dagegen die Söhne des Vampirs an ihren Kinderarmen vom Haus weg. Ein Weiterer wollte seine Tochter holen, doch sie schrie und hielt sich an ihrer Mutter fest.

Die wollen meine Kinder entführen, kam es ihm in den Sinn. Sie würden ihnen wehtun. Ihnen schaden, so wie sie ihm geschadet haben.

„Wir werden jemanden schicken, der die Frau holt", erwiderte der Letzte von ihnen, der etwas Abseits von dem Ganzen stand und wohl der Anführer dieser Truppe war, „Die Anweisung vom König war erst einmal nur, dass es besser wäre, wenn die Kinder dieses Mörders eine bessere Erziehung genießen, damit sie nicht in seine Fußstapfen treten.

Deswegen sollen sie in Vampirfamilien untergebracht werden, die ihnen unsere Gesetze und eben alles zum

Vampirdasein beibringen. Eine Menschenfrau wird das wohl eher weniger können."

„Sie hat uns", mischte sich der Freund seines Vaters ein.

Jedenfalls war der Vampir mittlerweile der Meinung, dass sie Freunde wären.

Der Sprecher der Fremden schüttelte aber nur den Kopf.

„Ihr seid auch bei ihm nicht sonderlich erfolgreich gewesen, wenn ich mich recht entsinne. Und jetzt macht uns bitte keinen weiteren Ärger und rückt das letzte Kind auch heraus", sagte er.

Im selben Moment riss einer der Männer seine Tochter endgültig von ihrer Mutter weg, was das Kind erneut aufschreien ließ und in dem Vampir eine große Wut weckte.

Niemand tat seinem Kind weh!

Ohne groß nachzudenken, stürzte er sich auf den Mann und vergrub seine Wolfszähne tief in dessen Arm, wodurch dieser auch sofort das Kind losließ und selber aufschrie.

Das Mädchen wirkte kurz überrascht, rannte dann aber zurück zu ihrer Mutter und versteckte sich hinter dieser, während der Vampir den Fremden, den er attackiert hatte, zu Boden riss und sich knurrend und wütend den anderen von ihnen entgegenstellte, um ihnen zu verdeutlichen, dass er etwas dagegen hatte, dass sie seine Kinder holten. Dass er seine Familie verteidigen würde. Sofort ließen die Männer auch seine Söhne los und zogen stattdessen ihre Schwerter. Der Fremde unter ihm, wollte das auch tun, erstarrte aber plötzlich in seiner Bewegung und regte sich nicht mehr, was dem Vampir gerade recht war. Er hasste diese Leute.

Wütend fletschte er seine Zähne. Er würde jeden dieser Eindringlinge töten.

„Ein Haustier?", fragte der Anführer der Gruppe und er hörte einen gewissen Spott heraus, als sich die Männer mit ihren Schwertern auf ihn zu bewegten, „Wundert mich allerdings auch irgendwie nicht. Tötet das Vieh und danach lasst uns endlich zurück zum Schloss."

Der Vampir entging dem Hieb des Ersten von ihnen, was diesen ins Straucheln brachte und ihm die Chance bot, ihn selbst anzugreifen.

Mit einem Sprung hatte er sich in die Kehle des Mannes verbissen und riss ihn mit sich wieder zu Boden. Der Kerl war sofort tot, doch die Wut des Vampirs noch nicht abgeflacht. Er hasste diese Leute abgrundtief und wusste nicht weshalb, denn es war nicht nur alleine, weil sie seine

Kinder entführen wollten.

Etwas sagte ihm, dass sie mit Schuld an seinem Tod waren und er sie nun ausschalten musste dafür. Und auch, damit sie seine Familie nicht noch mehr zerstörten, als sie es ohnehin schon getan hatten.

Das Schwert des Zweiten durchbohrte seinen Körper, weil er unaufmerksam war, was ihn zu Fall brachte und seinen Kampf beendete. Jedenfalls stürzte er wie tot auf den anderen unter sich und erwartete, dass er dies auch war. Dass er jetzt wirklich gestorben war. Auch wenn er so seine Kinder nicht mehr schützen konnte.

Vielleicht war es auch dumm von ihm, gegen mehrere von diesen Fremden anzutreten. Hatte er sie wirklich unterschätzt und sich überschätzt?

Rettet meine Kinder, dachte er stumm, während er erwartete zu verschwinden. Er hatte versagt. Er hatte schon wieder versagt.

„Dadurch habe ich jetzt wirklich einen meiner Krieger verloren", kommentierte wieder derselbe von ihnen, der anscheinend immer das Reden übernahm, „Er muss das Tier wohl abgerichtet haben auf Vampire. Furchtbar, so etwas zu tun. Aber was erwarte ich auch von jemanden, der eine Freude daran hatte, Vampire zu töten und den es immer wieder in die Wälder gezogen hat? Wohl möglich war das Vieh ein Freund von ihm."

Die Klinge wurde aus dem Körper des Vampirs gezogen, was den Schmerz, den diese ihm verursacht hatte, tatsächlich linderte, und der Mann, der ihr getötet hatte, schritt zurück auf seine Söhne zu, die aber verängstigt vor ihm zurückwichen.

Außerdem hörte er, wie der Sprecher von den Eindringlingen plötzlich fluchte, weshalb er es wagte, seinen noch nicht erstarrten Blick wandern zu lassen.

„Aber das sollte nicht möglich sein", waren dessen Worte, während der Fremde bei dem ersten Vampir, den er angegriffen hatte, hockte und diesen mehrfach anstieß, „Dieses Vieh hat ihn nur in den Arm gebissen und damit nichts getroffen, was tödlich gewesen wäre. Warum ist er daran gestorben? Was soll das? Nathaneal, ich verlange eine Erklärung!"

Tatsächlich lag der Mann wirklich regungslos dort, wo er niedergerissen worden war und der Vampir erinnerte sich daran, wie dieser unter ihm erstarrt war. Nur dass er dem da nicht viel Beachtung geschenkt hatte, außer dem, dass es ihm ganz recht gewesen war.

„Ich habe keine. Ich weiß nicht, wieso der Mann deshalb

gestorben ist", erwiderte der Freund seines Vaters und der Vampir realisierte endlich, dass er immer noch nicht tot war. Dass er immer noch lebte und auch der Schmerz von Stich durchs Herz endlich verschwunden war. Vielleicht hatten sie sein Herz ja sogar verfehlt.

Ja, so muss es gewesen sein, schloss er und kämpfte er sich langsam wieder zurück auf seine Beine, was allerdings von den Männern unbemerkt zu bleiben schien.

Sie starrten alle nur zu dem Toten, der eigentlich nicht hätte tot sein dürfen. Dem Vampir war das gerade recht, denn so gelang es ihm, sich wieder an sie heranzuschleichen.

Der Überraschungsangriff auf den, der seine Söhne bedrohte, kam zu schnell für diesen, weshalb dieser nach vorne fiel, als er ihn von hinten ansprang und seine Fänge in dessen Hals schlug. Er schmeckte das Blut dieses Mannes und es gefiel ihm. Er wollte mehr davon. Er wollte mehr Blut von diesen Eindringlingen.

„Monster!", hörte er jemanden laut fluchen und er ließ von dem nun Toten ab. Er hob seinen Blick und starrte in die Gesichter zweier überraschter Jungen, von denen er nicht wusste, ob sie Angst vor ihm hatten oder nicht. Schnell wandte er sich von ihnen ab, weil er nicht herausfinden wollte, dass sie sich wirklich vor ihm fürchteten. Er wollte nicht, dass seine Kinder ihn fürchteten. Er wollte nur, dass diese Fremden es täten. Drohend baute er sich vor den übrigen vier Fremden auf, von denen die, die ursprünglich seinem Vater gedroht hatten, mit ihren Schwertern auf ihn zu schritten und er entdeckte, dass einer von ihnen sogar ein Seil in der Hand hielt.

Er erstarrte, als er dieses sah.

Eine kurze Erinnerung tauchte vor seinen Augen auf. Es waren wirklich Männer, wie jene hier gewesen, ebenfalls mit Seilen, die ihn eingefangen hatten, nachdem er lange Zeit geflohen war. Er wusste nicht, warum er vor ihnen geflohen war, und auch nicht, was nach seiner Gefangennahme passiert war, nur dass sie ihn eingefangen hatten und er deshalb verstorben war. Noch einmal würde er das nicht mit sich machen lassen, entschied er sich und stürzte sich blindlings auf den Mann mit dem Seil.

Ihn erwischte er allerdings nur an der Schulter, da dieser versuchte seinem Angriff auszuweichen und was diesen somit nicht direkt tötete.

„Zielt gefälligst endlich besser! Schlagt dem Vieh den Kopf ab und dann lasst uns endlich zurückkehren zum

Schloss. Ich habe keine Lust mehr auf diese Zeitverschwendung", schimpfte ihr Anführer und der Vampir verspürte, wie ihn ein Schwerthieb im Nacken traf, der zwar schmerzte und ihn auch von dem Mann unter sich ablassen ließ, ihm aber nicht die Kraft nahm, um einen weiteren Hieb mit einem Sprung auszuweichen. Er knurrte die zwei Männer an, die langsam auf ihn zukamen und er entdeckte, dass sich der mit dem Seil versuchte zurück auf die Beine zu kämpfen.

Er rieb sich seine gebissene Schulter, nachdem er endlich wieder aufgestanden war, ehe er ebenfalls ein paar Schritte auf den Vampir zu machte. Dabei wankte er allerdings so stark, dass er schließlich sein Gleichgewicht verlor und wieder zu Boden fiel. Er versuchte seinen Fall nicht einmal irgendwie mit seinen Händen abzufangen und erhob sich auch nicht mehr.

Nein, er regte sich gleich gar nicht mehr. Fast schon, als sei er tot.

Damit kam dem Vampir die Erkenntnis, dass er sie nicht einmal irgendwie tödlich treffen musste, um sie umzubringen. Irgendwie reichte es, wenn er sie nur irgendwo biss. Den Ersten von ihnen hatte er schließlich nur am Arm erwischt und der lag jetzt wenige Schritte von ihm entfernt. Und den Mann mit dem Seil hatte er auch nur an der Schulter getroffen. Davon wären beide im Normalfall nicht gestorben.

Ohne groß zu zögern, stürmte er vor und vergrub seine Zähne im Unterschenkel von einem der Männer, die ihn angreifen wollten. Er würde diese Fremden definitiv umbringen. Allerdings kassierte er für seinen Angriff einen weiteren Hieb, dieses Mal in seine Seite, was ihn aufjaulen ließ.

Er reagierte nicht mehr schnell genug, um dem Zweiten zu entgehen, der auf sein Hals gezielt war und ihn enthauptete. Damit war sein Kampf endgültig vorbei. Dieses Mal war er sich sicher, dass es aus war mit ihm. So etwas konnte er einfach nicht überleben.

Sein starr werdender Blick folgte seinen Angreifern und er merkte, wie der, den er zuletzt gebissen hatte, zu schwanken begann, ehe er dann doch zusammenbrach. *Noch einer weniger*, dachte er sich zufrieden und grinste, ehe er die Augen schloss. Schmerzen hatte er plötzlich keine mehr.

„Deine Männer sind fast alle tot. Willst du diese Kinder heute immer noch mitnehmen?", vernahm er die Stimme vom Freund seines Vaters.

„Ich nehme an, dass du mich aufhalten würdest, sollte ich es versuchen, richtig?", entgegnete ihm der Anführer der Fremden.

„Nicht nur er", mischte sich sein Vater ein, „Mit dir nehme ich das auch noch auf. Solche wie dich habe ich schon als Mensch ausgeschaltet."

Der Fremde lachte.

„Ja, natürlich hast du das", spottete er dann abfällig, „Nathaneal, ich erinnere dich daran, dass ich im Auftrag des Königs handle und ihm auffällt, wenn keiner von uns zurückkommt."

Jemand murmelt etwas so leise, dass der Vampir es nicht verstand, aber er verspürte, dass er irgendwie immer noch nicht so richtig tot war.

Er bewegte eine seiner Pfoten und als ihm das gelang, realisierte er, dass sein Kopf wohl wieder auf seinem Körper saß und er wieder unversehrt war. Er war also unsterblich.

Nein, er war nicht unsterblich. Er war einfach nur schon tot und konnte eben als Geist nicht noch einmal sterben. Eine Erkenntnis, die ihm eigentlich hätte schon viel früher kommen können.

„Er wird euch vermutlich noch mehr Krieger schicken,

wenn ihr mich tötet. Und ich werde mit neuen Männern zurückkehren, wenn ich jetzt gehe. Ihr könnt nichts machen. Letztendlich werden wir die Kinder bekommen", ergänzte der Sprecher der Fremden, während der Vampir sich langsam zurück auf die Beine kämpfte.

Er merkte einen flüchtigen Blick vom Freund seines Vaters, welcher überrascht wirkte, ehe er überlegen lächelte.

„Die werden vermutlich auch alle sterben. Oder zumindest viele von ihnen", er deutete zu dem Vampir, der nun wieder angriffsbereit auf seinen Beinen stand und vermutlich durch das Blut und der Erde vom Graben einen unheimlichen Anblick bot. Der Anführer der Fremden drehte sich zu ihm um und machte erschrocken einen Schritt zurück.

„Monster!", entfuhr es ihm erneut.

Dieses Wort hatte er schon einmal gehört. Er hatte es auch schon benutzt. Früher. Jedenfalls meinte er, dass es so gewesen war. Er hatte Leute, wie diesen Fremden so bezeichnet, weil er sie nicht gemocht hatte.

„Nathaneal, dieses Biest sollte tot sein. Ihm wurde schließlich der Kopf ganz eindeutig abgeschlagen. Was in Trigons Namen ist das für ein Tier?", fuhr er fort, während

der verbliebene Krieger sich schützend vor ihm stellte, um einen eventuellen Angriff von dem Vampir abzuwehren, „So etwas sollte einfach nicht möglich sein. Das ist Hexenwerk und geht sicherlich mit rechten Dingen zu."
„Ist es nicht. Dennoch werde ich dir nicht verraten, was es mit diesem Wolf auf sich hat. Dieses Geheimnis werde ich nämlich hüten.

Aber ich sage dir eines: Sollte es noch einmal ein Gesandter vom König hierherwagen, mit der Intention, diese Kinder mitzunehmen, wird es nicht nur der sein, der sie tötet.

Dieses Gebiet hier gehört nämlich mir. Damit unterstehen alle hier lebenden Vampire und Halbvampire meiner Führung. Diese Kinder gehören mir und ich will, dass sie bei ihrer Mutter bleiben", erwiderte ihm der Freund seines Vaters und der Vampir versuchte zu verstehen, was er damit meinte, doch er hatte keine Ahnung. Das Einzige, was er davon verstand, war, dass seine Kinder hier bleiben sollten, weil sie zum Freund seines Vaters gehörten. Das klang zwar für den Vampir seltsam, doch er war gewillt, dies zu akzeptieren, wenn es seine Familie schützte.

„Das hier ist nur dein Revier und nicht dein Hoheitsgebiet. Um so eines auszurufen, müsstest du noch

Anspruch auf den Thron haben, doch das hast du, wie wir wissen, abgegeben. Außerdem müsste auch unser König dem zustimmen", meinte der Fremde und der Angesprochene nickte.

„Das ist richtig. Ich habe meinen Anspruch abgegeben und mir stattdessen mein Erbe auszahlen lassen, um mir hier ein Leben aufzubauen. Damit entfällt mein Anspruch also wirklich, aber ich habe auch einen volljährigen Sohn, der geboren wurde, bevor ich das tat. Der hat somit noch den Seinigen und wenn ich mein Revier zu seinem Königreich ausrufe, dann unterstehen ihm diese Kinder", entgegnete er ihm, „Und wenn ich mich recht erinnere, dann habe ich noch einen größeren Wunsch bei unserem König frei, weshalb er meiner Bitte sehr wahrscheinlich nachgeben wird. Immerhin verdankt er mir so einiges."
Der Fremde biss sich auf die Lippe und warf einen Blick zu dem Vampir, welcher sofort zu knurren begann und ihm drohend die Zähne zeigte.

„Ich werde dies dem König ausrichten, aber wenn du wirklich vorhast, dein eigenes Königreich zu gründen, dann solltest du persönlich bei diesem dein Anliegen vortragen, Nathaneal", er wandte sich von ihm ab und auf seinem Rücken erschienen zwei große Flügel mit schwarzen Federn, wie sie der Vampir schon bei seinem Vater und dem anderen gesehen hatte.

Sie alle haben solche, kam es ihm in den Sinn, auch wenn er nicht direkt wusste, wen er mit *alle* meinte. Er selbst hatte schließlich keine. Jedenfalls hatte er bisher nicht herausgefunden, wie er welche bekäme.

Er sah dem Fremden irritiert nach, als er sich mit den Rückendingern in die Luft erhob und davon flog. Der letzte verbliebene Mann dagegen warf noch einmal einen unsicheren Blick zu dem Vampir, ehe er es seinem Anführer gleich tat und ebenfalls verschwand.

Ich habe sie vertrieben, dachte der Vampir und lächelte zufrieden. Seine Familie war damit wieder sicher. Erst einmal zumindest, denn der Fremde hatte ja angedroht, dass sie wiederkommen würden. Doch selbst wenn sie es täten, würde er sie erneut verjagen. Er würde das notfalls immer tun.

Erleichtert hörte er alle aufatmen, nachdem der Letzte verschwunden war und seine Söhne rannten zurück zu ihrer Mutter, die sie umarmte, während er langsam und immer noch in seiner Wolfsgestalt auf sie zuschritt. Eigentlich hatte er gar nicht vorgehabt, sich ihnen zu zeigen und nun hatte er es doch getan, um sie zu beschützen. Weil ihm das wichtig war. Vielleicht war er auch genau deshalb noch da. Um auf sie aufzupassen. Und die Fähigkeiten, die er wohl jetzt hatte, sollten ihm dabei sicherlich helfen. Außerdem musste er sich auch eingestehen, dass es ihm eine Freude bereitet hatte, diese Fremden zu töten.

„Das war sehr dumm von dir", er stoppte seinen Weg und drehte den Kopf zu seinem Vater, der ihn wohl gerade angesprochen hatte, „Sie hätten dich erkennen können. Und das hätten sie dann nicht verstanden. Ich meine, wir verstehen es ja bisher auch nicht, warum du noch hier bist. Wir haben dich begraben. Du hast deine Ruhe. Warum wandelst du immer noch umher?"

Sie hatten ihn wirklich begraben, jedenfalls die Kiste. Sie hatten ihm sogar ein Kreuz aufgestellt und dennoch war er noch da. Ihm hatte es ja nicht einmal gefallen, dass sie seine Überreste begraben hatten, weshalb er sie vorhin ja wieder freigelegt hatte. Etwas, dass er ihnen vielleicht noch mitteilen sollte, daher warf er einen Blick zu der Stelle, wo er die Erde aufgewühlt hatte.

Sein Vater folgte diesem und schüttelte den Kopf, als er sah, was er angestellt hatte.

„Du hast sie also wieder freigelegt?", fragte er den Vampir

und dieser nickte.

„Es hat sich nicht richtig angefühlt. Ich bin noch nicht so weit, mich begraben zu lassen", gestand er ihm und kam nicht umhin, den Blick zu bemerken, den er von seiner Tochter bekam. Ob sie sich in ihrem Kinderkopf gerade zusammenreimte, wer er war? Ob ihre Gedanken überhaupt so weit gingen?

Dunkel kam ihm die Erinnerung daran, dass sie ihn auch in seiner Wolfsform kannte, denn diese hatte er weder vor ihr noch vor ihren Brüdern geheimgehalten, weil sie schließlich seine Kinder waren. Doch er wusste nicht, ob sie ihn jetzt auch erkannte. Immerhin hatte man ihr bestimmt gesagt, dass er tot sei. Oder zumindest, dass er fort wäre.

Zögerlich trat sie hinter ihrer Mutter hervor und musterte ihn erneut neugierig, ehe sie ein paar vorsichtige Schritte auf ihn zu machte und ihm ihre kleine Hand entgegenstreckte dabei. Was hatte sie vor?

„Annika, geh nicht zu nahe an dieses Tier!", schimpfte die Frau von Freund seines Vaters und die Kleine sah sie verwundert an, „Du weißt nicht, ob es dich auch angreift. Du könntest verletzt werden."

Das Mädchen schüttelte den Kopf und setzte furchtlos

ihren Weg fort, bis sie schließlich nahe genug bei dem Vampir war, um ihm über die Wolfsschnauze streicheln zu können. Ihre grünen Augen betrachteten die Seinigen nachdenklich, ehe sie zu lächeln begann.

„Siehst du, Tante Mina. Der tut mir nichts. Der würde mir nie etwas tun. Das ist schließlich mein Papa und der beschützt mich", erklärte sie und ihm kamen Tränen bei ihren Worten.

Sie hatte ihn wirklich erkannt und dies, obwohl er ihr als Wolf erschienen war. Er hatte sich also nicht in seinem Kind getäuscht. Sie schlang ihre kleinen Arme um seinen Hals, wodurch ihr Kleid allerdings von dem Blut und der Erde, welche noch an seinem Fell klebten, dreckig wurde, was sie allerdings nicht zu stören schien.

Und er ließ zu, dass ihre Erinnerungen auf ihn einströmten. Er wollte sie sehen. Er wollte sehen, was er mit ihr erlebt hatte, woran er sich nicht mehr erinnert hatte. Und tatsächlich sah er sich an einigen Stellen in ihrer Vergangenheit. Er fand sogar die Stelle, die ihm erklärte, warum er geflohen war. Was damals geschehen war.

Da war ein fremder Mann gewesen, sein Vormund, der ihn hatte beaufsichtigen sollen, weil er irgendetwas angestellt hatte, weshalb man der Meinung gewesen war, dass er einen Aufpasser benötigen würde. Es war jener Mann, der sich auch in die Erziehung seiner Kinder eingemischt hatte, was oft für Streit zwischen ihm und dem Vampir gesorgt hatte und was auch seine Tochter mitbekommen hatte.

Und als dieser Fremde es schließlich eines Nachts gewagt hatte, seine Tochter für ein Fehlverhalten zu schlagen, war dem Vampir der Geduldsfaden gerissen und er hatte ihn angegriffen. Er hatte ihn getötet, dafür, dass er es gewagt hatte, seinem Kind wehzutun.

Das also war der Grund für seine Flucht gewesen.

Er verwandelte sich zurück, um endlich die Umarmung seiner Tochter zu erwidern. Er wollte sie in seine Arme nehmen und genoss es, sie bei sich zu haben.

Leise hörte er ihr kleines Herz schlagen und weinte erneut. Sie brauchte ihn noch. Wie könnte er da weiterziehen? Er musste einfach noch bei ihr bleiben.

„Papa!", hörte er einen der Jungen rufen, ehe die beiden ebenso zu ihm liefen und ihn auch umarmten. Auch ihre Erinnerungen drangen auf ihn ein und ergänzten seine Eigenen wieder etwas mehr.

Oh, wie hatte er sie vermisst. Seine geliebten Kinder, auch

wenn er sie sogar zwischendurch vergessen hatte. Der Gedanke daran schmerzte ihn. Wie konnte er nur seine Kinder vergessen?

„Aber Mama hat gesagt", hörte er einen seiner Jungs neben sich und von dem er sofort wusste, dass es Jonathan war, „Dass du tot seist. Und Opa auch. Wir haben sogar eine Holzkiste begraben und ein Kreuz gebaut. Annika hat mit Robin Blumen gesammelt und ich habe mit Mama etwas gebastelt."

Das war der Vampir ja eigentlich auch und er hatte auch gesehen, dass sie ihn begraben hatten. Und selbst wenn er vor dem Kampf mit diesen Fremden noch nicht tot gewesen wäre, wäre er es jetzt, denn diese hatten ihn mindestens zweimal sehr tödlich getroffen. Die hatten ihn ja sogar enthauptet. Und trotzdem hatte es nichts gebracht.

„Jonathan, das bin ich auch. Ich bin gestorben", bestätigte er seinem Sohn, auch wenn es für ihn immer noch seltsam klang und er gerne behauptet hätte, dass es nicht so sei.

Er löste sich aus der Umarmung seiner Kinder und erhob sich langsam. Dabei bemerkte er auch den verwirrten Blick, den er von seinen Jungen für seine Antwort bekam

und der mit der Brille, Robin, schüttelte sogar den Kopf.
„So etwas geht doch gar nicht. Du hast es uns doch selbst damals erklärt. Jemand, der gestorben ist, ist weg für immer. Tote kommen nicht zurück und so etwas wie Geister gibt es nicht", widersprach ihm der Junge und der Vampir wusste nicht auf Anhieb, wann er das gesagt haben sollte. Er hatte es jedenfalls nicht in den Erinnerungen der Kinder gefunden.
Aber vielleicht war es wirklich so gewesen. Und es machte doch auch Sinn, denn für gewöhnlich kehrten die Toten wirklich nicht als Geister zurück. Wenn es nämlich so wäre, dann wären die Männer, die er eben noch beseitigt hatte, jetzt wieder da.
„Aber doch nicht unser Papa", mischte sich das Mädchen ein, „Er hat uns doch versprochen, immer auf uns aufzupassen und für uns da zu sein, deshalb ist er jetzt wieder bei uns, damit er auf uns aufpasst, wie ein Engel oder so etwas."
Ihre kindliche Art, wie sie das so selbstverständlich sagte, ließ ihn schmunzeln, auch wenn er ihm die Vorstellung kein Geist, sondern ein Engel zu sein, überhaupt nicht gefiel. Er hatte schließlich keine weißen Flügel und auch keine Harfe, so wie er es auf Bildern gesehen hatte. Und

gut war er auch nicht. Tatsächlich war er sogar sehr rachsüchtig bisher gewesen. Wahrscheinlich war er einfach nur eine ruhelose Seele, die noch etwas zu erledigen hatte. Seine Familie beschützen zum Beispiel. Er strich seiner Tochter mit der Hand sanft über den Kopf, ehe er auf seiner Frau zu ging, deren Blick er nicht wirklich zu ordnen konnte. War es Angst? Oder Erleichterung? Was sie wohl dachte?

„Du bist noch da", murmelte sie und weinte, ehe sie ihm um den Hals fiel und ihn umarmte, „Verdammt, ich dachte, ich hätte dich für immer verloren. Nachdem wir dich begraben hatten, hatte ich erwartet, dass du jetzt fort wärst. Weg für immer. Weißt du eigentlich, wie furchtbar der Gedanke war, dich nie wiederzusehen?"

Es schmerzte ihn, dass sie so sehr um ihn trauerte, und er hoffte, dass er noch eine Weile bei ihr bleiben würde, damit er für sie da war. Damit sie nie wieder um ihn trauern musste.

„Ich werde bei dir bleiben", versprach er ihr und hoffte, dass es wirklich so geschehen würde. Er wollte sie schließlich nicht verlassen. Das hatte er nie gewollt. Nicht einmal als er geflohen war. Er hatte immer zu ihr und den Kindern zurückgewollt.

Sie sah ihn an und er gab ihr einen Kuss, als sie ihren Blick zu ihm hob. Ja, er würde definitiv noch bleiben.

Immerhin musste er sie und seine Kinder schützen. Dafür war er hier. Und er würde definitiv jeden beseitigen, der seiner Familie schaden wollen würde.

„Deine Lippen sind kalt", flüsterte seine Geliebte, nachdem er den Kuss beendet hatte und er sah sie fragend an, „Ich denke, ich muss mich dann wohl daran gewöhnen, dass sie immer kalt sein werden, oder?"

Ihre Bemerkung ließ ihn schmunzeln. Wenn dies wirklich ihre einzige Sorge jetzt war, dann war das doch gut für sie beide. Eigentlich hätte er eine Beschwerde über das Blut erwartet, aber irgendwie erinnerte er sich daran, dass sie sich nie dadurch gestört gefühlt hatte. Sie liebte ihn schließlich.

„Sollen wir die Holzkiste wieder ausgraben?", fragte ihn der Freund seines Vaters und der Vampir drehte seinen Kopf zu ihm, „Und damit das, was wir von dir begraben haben? Es scheint dich ja gestört zu haben, dass wir es begraben haben."

Tatsächlich hatte er sich darüber bisher noch keine Gedanken gemacht. Er hatte es vorhin nur wieder zurück haben wollen, weil es ihm falsch vorkam, dass seine Reste unter der Erde gelegen hatten.

„Ja. Bitte grabt mich wieder aus", erwiderte er ihm und kam sich dabei seltsam vor, obwohl es ja stimmte. Das war er gewesen, was sie da vergraben hatten, wenn gleich es auch nicht sonderlich viel gewesen war, was überhaupt noch übrig war.

Er versuchte nicht weiter darüber nachzudenken, sondern wandte sich wieder seiner Frau zu, deren Atem an seiner Brust ihn so sehr faszinierte, dass er einen Augenblick lang nur diesem lauschte.

„Und was wird jetzt aus uns?", flüsterte sie schließlich, „Ich meine, du bist doch tot oder nicht?"

Das war er und trotzdem war er bei ihr. Er würde für immer bei ihr sein.

„Ja, das bin ich", bestätigte er ihr also und warf einen Blick zu seinen Kindern, die ihn ebenfalls fragend ansahen, „Aber ich werde trotzdem bei euch bleiben. Ich habe mich nämlich gerade entschieden, dass ich nicht weiterziehen werde. Jemand muss euch doch beschützen."

Seine Frau löste sich von seiner Umarmung und musterte ihn, ehe sie ihre restlichen Tränen wegwischte und lächelte.

„Und ich werde dich auch weiterhin lieben, egal was kommt", ergänzte er und gab ihr noch einen Kuss.
Zumindest jetzt, wo er langsam wieder wusste, was er mit ihr hatte, würde er das tun.
„Ja", erwiderte sie ihm, „Ich werde mich jetzt nur daran gewöhnen müssen, dass du ein Geist oder so etwas bist. Ich bin gespannt, ob es sehr viel anders ist, als einen Vampir zu lieben. Ob sich da viel mehr ändert, außer dass du jetzt vermutlich immer kalt sein wirst."
Er verstand nicht, warum es anders sein sollte. Er war schließlich fast immer noch derselbe. Es würde sich also nicht so viel ändern.
Erneut nahm er seine Frau in die Arme und spürte, dass sich auch seine Kinder ihrer Familienumarmung anschlossen.
Ein tiefer Wunsch in ihm flammte auf, dass er sie für immer beschützen wollte, und zwar vor denen, die versucht hatten, sie zu entführen. Und vor jenen, die so ähnlich waren.
Vielleicht war das auch seine Aufgabe, weshalb er noch immer unter ihnen war. Er würde es schon noch herausfinden. Aber im Moment war es nur nebensächlich.
Gerade jetzt wollte er nur bei ihr und ihren gemeinsamen

Kindern sein und ihre Nähe fühlen. Und für sie für immer da sein.

Er hatte auch das Gefühl, dass es wirklich so bleiben würde. Dass er wirklich für immer bleiben würde und nie weiterziehen würde. Das wäre ihm ja gerade auch sehr recht. Und er konnte sich auch nicht vorstellen, dass es ihm irgendwann unrecht sein könnte.

Glücklich schloss er die Augen und gab seiner Geliebten einen Kuss auf ihren Scheitel. Ja, so könnte es bis in alle Ewigkeit bleiben.

„Lass uns langsam ins Haus gehen", vernahm er ihre Stimme und spürte, wie sie sich von ihm löste, „Vielleicht willst du dich waschen und dir wieder etwas Richtiges anziehen. Wobei ich gar nicht weiß, ob das geht."

Seine Kinder ließen ihn eben so los und er warf einen Blick an sich hinab. Immer noch trug er nur die zerrissene Hose, in welcher er in der gestrigen Nacht erwacht war. Seine Frau hatte recht. Vielleicht täte es ihm gut, sich zu waschen und etwas Heileres anzuziehen.

„Ich werde es versuchen", meinte er zu ihr und nahm ihre Hand, ehe er mit ihr zum Haus ging und eintrat.

Es fühlte sich gut und vertraut an, wieder zu Hause zu sein, stellte er sofort fest und merkte gar nicht, dass er tatsächlich erleichtert aufatmete.

Er ließ die Hand seiner Frau los und schritt weiter in Richtung Wohnzimmer, wo er die Frau vom Freund seines Vaters entdeckte, die mehrfach den Kopf schüttelte, während sie ihn musterte.

„Das kann einfach nicht richtig sein", meinte sie und er sah sie verwundert an, „Jedenfalls habe ich keine Erklärung dafür, dass du immer noch da bist. Und wenn ich ehrlich bin, das macht mir das Angst. Ich bin mir nicht sicher, ob es für deine Familie gut ist, dass du hier immer noch herumwanderst."

Er hatte sie beschützt, also konnte es nicht so schlimm sein.

„Sie brauchen mich", rechtfertigte er sich, während seine Kinder und seine Frau an ihm vorbeigingen, um durch eine Tür neben dem Kamin ins nächste Zimmer zu verschwinden.

„Das mag sein", die andere sah ihnen kurz nach, ehe sie sich wieder an ihn wandte, „Aber sag mir, was bitte ist aus dir geworden?

Ich meine, ja, manche Vampire hast du schon zu Lebzeiten nicht gemocht und ihnen nach dem Leben getrachtet, wovon wir dich aber oft genug abbringen konnten.

Und auch deine Verwandlungen in einen Wolf kenne ich. Selbst die Tatsache, dass du wieder aufgestanden bist, nachdem du enthauptet wurdest, kann ich vielleicht damit erklären, dass du ein Geist geworden bist, wenn man es denn so nennen will.

Doch für eine Sache finde ich keine Erklärung, Kuro, und diese macht mir Angst, weil sie dich gefährlich macht. Und zwar, dass ein Biss von dir anscheinend reicht, um Krieger, wie die unseres Vampirkönigs, auszuschalten. Ein simpler einfacher Biss, egal wo.

Ist dir bewusst, dass du damit deine Frau umbringen könntest, wenn du nicht vorsichtig bist? Oder jeden anderen hier im Haus?"

So hatte er die Sache bisher gar nicht betrachtet und irgendwie bereitete ihm die Tatsache Sorge, dass er seine Liebste vorher geküsst hatte, ohne darüber nachzudenken. Was, wenn ein Kuss auch ausreichte?

Nein, so etwas wird nicht passieren, redete er sich ein, wobei er sogar Zustimmung von der Stimme in seinem Innern bekam.

„Ich werde einfach keinen von euch beißen, einverstanden?", versprach er der anderen, „Außerdem versuche ich ohnehin im Moment noch herauszufinden, was ich alles nach meinem Tod vergessen habe und so langsam kehren immer mehr Erinnerungen zurück. Vielleicht finde ich dann noch heraus, was es mit dieser anderen Sache auf sich hat."

Sie wirkte kurz verwundert und schien nachzudenken.

„Mit den Erinnerungen könnte ich dir vielleicht helfen. Ich muss nur deine Tagebücher aus dem Versteck holen, zu welchem ich sie gebracht hatte, nachdem du geflohen warst, damit deine Verfolger deren Inhalt nicht gegen dich verwenden konnten", sagte sie und der Vampir sah sie irritiert an.

Tagebücher? Er hatte Tagebücher geführt? War das nicht etwas, dass Frauen taten? Jedenfalls kam es ihm vor, als wäre es eine Sache, die nur Frauen taten.

Allerdings war er auch froh, dass er eines geführt hatte, denn so konnte er lesen, was er erlebt hatte. Er würde quasi von sich selbst erzählt bekommen, was er vergessen hatte.

„Das würde mir vermutlich helfen", stimmte er ihr zu und versuchte dankbar zu lächeln, „Aber jetzt will ich endlich dem Rat meiner Frau folgen und mich waschen und mir etwas Richtiges anziehen. Oder zumindest will ich das versuchen. Und ich denke, danach werde ich mich hinlegen. Irgendwie bin ich von dem Kampf ein wenig erschöpft."

Durch die Tür neben dem Kamin kam seine Frau zurück und sie trug einen Kleiderstapel in der Hand, mit welchem sie auf ihn zuschritt und welchen sie ihn in die Hände drückte, ehe sie ihn küsste, was er ihr aber nicht erwiderte, da er Angst hatte, dass er ihr, wie den Fremden, schaden würde. Sie wirkte verwundert darüber.

„Was ist los?", fragte sie direkt.

„Ich bin mir nicht sicher, ob es gut ist, wenn ich dich küsse, Liebste", gestand er ihr und zeigte zu der anderen, „Sie hat mich gerade daran erinnert, dass ich drei eurer Angreifer alleine dadurch getötet habe, dass ich sie irgendwo gebissen habe. Ich habe Angst, dass ich mit dieser Fähigkeit dich auch umbringen könnte."

Seine Frau runzelte die Stirn, ehe sie den Kopf schüttelte.

„Wir konnten das gerade draußen ohne Probleme, daher denke ich nicht, dass es so weit je kommen wird", meinte sie und streckte sich ihm entgegen, um ihn erneut zu küssen, was er ihr dieses Mal auch erwiderte.

Sie hatte ja recht. Wenn seine Gabe oder sein Fluch oder was auch immer es war, sie auch betreffen würde, dann wäre das schon längst passiert. Vielleicht wirkte es nicht auf sie, weil er sie liebte. Oder weil sie nicht, wie die anderen war.

„Siehst du", flüsterte sie, nachdem sie ihren Kuss beendet hatte, „Mir wird nichts passieren, weil ich weiß, dass ich dir vertrauen kann. Weil du mir nie etwas tun würdest, dass mir ernsthaft schaden würde."

Er nickte, denn er wollte, dass es so war. Dass sie ihm vertrauen konnte.

Er warf einen Blick auf das, was sie ihm gebracht hatte. Es waren eine Hose, ein Hemd, Socken und eine Unterhose. Das war definitiv besser, als das Zerrissene, was er trug.

„Trotzdem sollten wir herausfinden, was es überhaupt damit auf sich hat, dass er noch da ist", mischte sich die Frau vom Freund seines Vaters ein und die seinige drehte sich zu ihr um, „Dein Bruder reist doch mit Leuten, die viel über das Diesseits und das Jenseits zu wissen scheinen. Vielleicht solltest du ihn aufsuchen, wenn du dich ausgeruht hast. Und deine Tagebücher gebe ich dir auch zurück, versprochen."

Noch einmal nickte er, auch wenn er von seinem Bruder im Moment überhaupt nichts wusste, ehe er sich abwandte und den Flur zurück in Richtung Badezimmer

schritt. Immerhin, wo das war, wusste er jetzt wieder.
Er verschloss die Tür hinter sich und legte die Sachen, die
ihm seine Frau gab, auf den Schrank, ehe er die Hose
auszog, die er getragen hatte und sie zur Seite warf.
Sofort verschwand diese und er starrte irritiert dorthin,
wo sie hätte sein müssen. Das war bestimmt nicht gut.
Er runzelte die Stirn und ging zu der Stelle, wo sie
verschwunden waren und versuchte es aufzuheben, denn,
so dachte er, vielleicht war sie einfach nur unsichtbar.
Als er aber nichts dort fand, sah er sich besorgt um. Sie
konnte doch nicht plötzlich weg sein. Er hatte sie doch bis
eben noch getragen. Ja, genau, sie war da gewesen.
In seinen Gedanken tauchte ein Bild von sich in der
zerrissene Hose auf, welches so real wirkte, dass er
meinte, sie auch direkt wieder zu tragen.
Erst als er seinen Kopf schüttelte, um diesen Gedanken
loszuwerden, merkte er, dass es wirklich so war. Dass er
das Weggeworfene wieder trug.
„Oh!", entfuhr es ihm und er zog sie sich erneut aus, um
sie dieses Mal ordentlich auf dem Schrank zu legen.
Sofort verschwanden sie wieder und er starrte an sich
hinab, weil er erwartete, dass sie gleich wieder an seinem
Körper erscheinen würden und er nicht mehr nackt wäre.

Damit könnte er sich dann jedenfalls sicher sein, dass er sein derzeitiges Aussehen nie wieder loswerden würde, weil er so gestorben war. Jedenfalls klang es für ihn logisch, dass es so sein müsste.

Nichts geschah. Auch nicht, nachdem er eine Weile darauf gewartet hatte. Er blieb nackt. Damit konnte er sein Aussehen wohl doch ändern, aber dennoch rätselte er darüber, wo die zerrissenen Sachen hin waren. Sie konnten sich schließlich nicht in Luft auflösen. Er hatte sie doch getragen und er stellte sie sich wieder an seinem Körper vor, was anscheinend reichte, damit sie auch in der Realität wieder an seinem Leib erschienen.

„Seltsam", murmelte er überrascht und versuchte es einmal umgekehrt. Er stellte sich vor, dass er sie nicht tragen würde. Sofort war er wieder nackt. Sollte das etwa heißen, dass er sein Aussehen mit seinem eigenen Willen steuern konnte? Mit seinen Gedanken? Und wenn ja, wie weit konnte er das beeinflussen?

Nachdenklich tastete er zu dem eingetrockneten Blut auf seiner Brust und stellte sich vor, dass dieses nicht mehr dort wäre. Dass es verschwinden täte, wie seine zerrissene Hose. Dass er wieder sauber wäre, so wie er es war, nachdem er erwacht war.

Tatsächlich konnte er das Blut und den Schmutz auf seiner Haut langsam verblassen sehen, bis sie verschwunden waren. Also funktionierte das wirklich. Er drehte seinen Kopf zu dem Spiegel, der über dem Waschbecken hing und stellte fest, dass an ihm wirklich keine Spuren mehr vom Kampf hafteten. Und auch nicht von dem Graben davor. Er konnte also sein Aussehen wirklich mit seinem Willen steuern.

Er griff nach den Kleidungsstücken, die ihm seine Frau gegeben hatte, und stellte sich vor, wie er damit wohl aussehen würde. Dass diese daraufhin in seinen Händen verschwanden, irritierte ihn kurz. Jedenfalls bis er merkte, dass er sie plötzlich trug. Dabei hatte er sich nicht einmal angezogen.

Noch einmal drehte er sich zum Spiegel und betrachtete sich. Die Frage, wie weit er sein Aussehen bestimmen konnte, kam ihm in den Sinn und er stellte sich erneut in der zerrissenen Hose und mit dem Blut vor. Sofort veränderte sich sein Erscheinungsbild und er stand wieder so da, wie er es sich vorgestellt hatte, während die Kleidung von seiner Frau wieder ordentlich dort lagen, wo er sie abgelegt hatte.

Das hat also schon einmal funktioniert, dachte er und

versuchte, mit seinen Gedanken wieder in die heilen Sachen zu kommen und das Blut loszuwerden. Auch das geschah ohne größere Probleme, nur dass der Kleiderstapel dieses Mal erneut verschwand. Damit konnte er sein Aussehen wirklich mit seiner Vorstellung von sich selbst beeinflussen, stellte er überrascht fest und wunderte sich, ob dies ihm irgendwie nützlich werden könnte.

Er würde es sicherlich schon noch herausfinden, entschied er und verließ das Bad, um ins Wohnzimmer zurückzukehren, wo er seinen Vater in einem der Sessel sitzend fand.

Er starrte auf die Holzkiste, die auf dem Wohnzimmertisch gestellt worden war und an welcher noch Erdreste hingen, davon, dass sie begraben worden war.

„Nathaneal ist aufgebrochen zu seinem Sohn und Mina meinte, sie müsste etwas holen für dich", sagte er dem Vampir, ohne dass er überhaupt danach gefragt hatte, ehe er den Blick hob und zu ihm sah, „Du siehst besser in den Sachen aus, als in der zerrissenen Hose. Ich hoffe, du fühlst dich jetzt auch besser."

Der Vampir nickte und sein Vater erhob sich von seinem

Platz.

„Wie soll es jetzt weitergehen?", fragte er ihn, „Ich bin mir nicht sicher, ob du jetzt hier bleiben kannst als Geist oder als was auch immer du bist. Und ich will mir auch nicht ausmalen, was passiert, wenn der König davon Wind bekommt. Wenn irgendwer, außer uns, davon Wind bekommt."

„Sie haben mich aber nicht erkannt", gab der Vampir zurück, „Jedenfalls nicht in meiner Wolfsform. Vermutlich weil sie nicht damit rechnen, dass ich noch da bin. Wenn ich das Haus nur in dieser Gestalt verlasse, dann werden sie mich sicherlich auch weiterhin nicht erkennen und ich kann bei meiner Familie bleiben, um sie zu beschützen. Oder ich mache mich unsichtbar. Das kann ich nämlich auch."

Sein Vater hob verwundert eine Augenbraue.

„Denkst du, dass du das musst?", erwiderte er ihm, „Wir würden das auch tun. Du hast doch Nathaneal gehört. Er wird sein Revier zum Herrschaftsgebiet seines Sohnes ausrufen. Damit wären deine Kinder sicher vor dem Einfluss des Königs."

Der Vampir verstand zwar nicht ganz, was sein Vater damit meinte, schüttelte aber dennoch den Kopf.

„Selbst wenn es so kommt, werde ich bleiben und aufpassen. Und sollte man euch angreifen, werde ich euch verteidigen", meinte er entschlossen, „Ich fühle mich in der Pflicht, dies zu tun, denn irgendwie ist es ja auch meine Schuld, dass es so gekommen ist.
Auch wenn ich noch nicht alles wieder weiß. Aber das wird sich sicherlich noch geben.
Die andere wollte mir meine Tagebücher bringen und meinte, ich solle meinen Bruder aufsuchen, um herauszufinden, was mit mir los ist."
Sein Vater runzelte die Stirn.
„Du redest von Mina, oder?", er nickte, „Vielleicht hat sie nicht unrecht. Außerdem sollte ich Shiro ohnehin mitteilen, dass du verstorben bist. Du könntest mich dann zu ihm begleiten.
Trotzdem sollten wir nach einer Möglichkeit suchen, dass du deinen Frieden finden kannst."
Dem Vampir war aber gar nicht danach, herauszufinden, wie er weiterziehen könnte. Er hatte sich schließlich zum Bleiben entschieden. Schweigend schritt er auf den Wohnzimmertisch zu und strich über die Kiste. Seiner Holzkiste, denn niemanden außer ihm sollte sie gehören, kam ihm in den Sinn.

„Aber vielleicht ist dies auch genau das, was ich will. Vielleicht will ich nicht meinen Frieden finden, sondern hier bleiben bei euch", meinte er zu seinem Vater und hob das Ding vom Tisch hoch, „Ich werde die hier in den Keller bringen, um sie dort zu verwahren, und danach zu meiner Frau gehen."

Er hatte zumindest eine vage Vorstellung davon, dass sich hinter der Tür neben dem Kamin Treppen befanden, die nach unten und nach oben führten. Und da sein Vater ihm nicht mehr widersprach, folgte er seiner Annahme, nur um sich direkt bestätigt zu fühlen, wobei er allerdings auch überrascht war, dass es dort noch eine weitere Tür zu seiner Rechten gab, in welcher so gleich seine Frau erschien, die ihn verwundert ansah.

„Ich bringe diese eben nach unten und komme dann zu dir", erklärte er ihr und ging zu der Treppe, die hinab führte, „Und dann bleibe ich auch bei dir, versprochen."

Sie lächelte aufgrund seiner Bemerkung und ihm gefiel es, dass sie das tat. Alleine schon dafür würde er bleiben. Musste er bleiben. Und natürlich auch, weil sie seinen Schutz brauchten.

Alles Weitere würde sich schon noch ergeben irgendwann, dessen war er sich sicher.

„Ich liebe dich", sagte er ihr, ehe er die Stufen hinabzusteigen begann.